Félix Teira

La ciudad libre

Muchnik Editores, S. A.

Primera edición: marzo de 2000

Peu de la Creu, 4
08001 Barcelona

Cubierta: Enric Jardí

ISBN: 84-7669-377-X
Depósito legal: B-2.018-2000

Impreso en Romanyà/Valls, Verdaguer 1, 08786 Capellades

Impreso en España - Printed in Spain

La ciudad libre

Expediente informativo del «27 O»
Fuente: Grupo Inforonda. Visa TV

La cadena de televisión Visa emitió en abierto la primera grabación, correspondiente a la cámara de seguridad número 2 del complejo industrial de Coxa, a mediados de diciembre. Un éxito de audiencia. La publicidad caldeó el ambiente al anunciar un programa sobre los sucesos del 27 de octubre, que, como es sabido, terminaron con el atentado suicida llevado a cabo por el jefe del comando terrorista. Antes de difundir las imágenes, Visa previno reiteradamente a los espectadores sobre el contenido del documental: «La dureza de los asesinatos filmados por la cámara puede herir la sensibilidad». Este aviso morboso, la opacidad informativa que sucedió a los sangrientos acontecimientos ocurridos en el barrio Quimicox el 27 O y las presiones para cancelar la emisión explican el seguimiento del programa, que consiguió un cuarenta y tres por ciento de cuota de pantalla.

El contenido no defraudó el interés despertado. El eje del programa lo constituían trece minutos de grabación, filmados por la cámara de seguridad número 2. La cámara estaba a la entrada de la planta española de Coxa, multinacional especializada en productos químicos y farmacéuticos. Las imágenes llevan sobreimpresas la hora y la fecha.

A las 22.55 del 27 de octubre uno de los tres vigilantes atiende una llamada telefónica. Hasta las 23.01 se suceden imágenes rutinarias. En ese momento accede un varón al puesto de control seguido por dos uniformados que permanecen de espaldas a la cámara. No despiertan ningún recelo entre los vigilantes. El individuo aparenta cuarenta años, lleva barba y gafas, y habla con uno de los vigilantes. Se aprecia un ambiente relajado. Sin ademanes bruscos el hombre de barba registra su cartera, saca una pistola y dispara al vientre y al pecho del vigilante. 23.02. En el mismo momento los dos uniformados abren fuego, con un movimiento sincronizado, contra los otros dos guardias de seguridad. La proximidad de uno de los vigilantes al objetivo de la cámara propicia unos fotogramas terribles: la bala penetra por el centro de la frente y provoca una violenta sacudida de la cabeza hacia atrás. A partir de ese instante la pantalla muestra, ocupando el ángulo izquierdo, la nuca del primer individuo, que habla por un móvil. Mientras se mantiene la conversación, veintitrés uniformados, algunos con prendas árabes al cuello o en la cabeza, atraviesan el puesto de control en subgrupos. El trasiego de soldados que se sucede hasta las 23.08 atenúa el dramatismo de los cuerpos yacentes. El plano fijo de la cámara presenta dos cadáveres y las piernas del primer vigilante agredido. Uno de los cadáveres, con la boca patéticamente abierta, va dejando un charco de sangre que minuto a minuto invade el pavimento.

Visa sabía que tenía en su poder un material de altísimo voltaje informativo que la podía situar en cabeza del ranking de audiencia. Lo utilizó con inteligencia. El presentador habitual de los informativos de sobremesa, y subdirector de la cadena, fue el encargado de comentar el segundo pase de la cinta. Actuó con sobriedad. La cámara lenta, la congelación de fotogramas y los iconos circulares que señalaban detalles atroces bastaban como carnaza emocional. «¿Quién es este hombre?», se preguntó el presentador cuando un círculo blanco enmarcó el rostro del primer intruso. «¿Lleva barba, gafas e indumentaria de camuflaje?» Cuando la mano se dirigió a la cartera la voz señaló: «Se comporta con una naturalidad asombrosa, con la sangre fría del mejor especialista». Después se repetía la intervención de los dos uniformados. «Observen su actuación. Cada uno conoce su objetivo. Supuestamente llevan la pistola en la mano y se vuelven al oír el primer disparo. Sujetan el arma con ambas manos, las rodillas flexionadas, y les basta una milésima de segundo para apuntar. Reparen en el resultado. Profesionales.» La pantalla mostraba el fotograma estrella: un orificio negro en la frente de uno de los vigilantes. Con el siguiente fotograma, inapreciable en el primer pase, el telespectador enmudecía. La flecha intermitente señalaba la masa encefálica expulsada por el disparo. «Fíjense en los cuerpos tendidos. Pedimos disculpas a las familias, pero la importancia informativa del documento exige verlo completo.» Durante los minutos siguientes, la cámara registra la entrada de grupos de soldados mientras dos circunferencias fijan la atención en los ángulos de la pantalla. Una enmarca el charco de sangre que se dilata con el paso de los minutos. La otra muestra dos piernas que se mueven a espasmos, las del primer vigilante herido que agoniza. «Visa ha conseguido las cintas correspondientes a trece cámaras de seguridad de la planta de Coxa en España. Se las mostraremos en días sucesivos. Las imágenes contradicen la versión oficial y suscitan interrogantes. Nuestra pregunta es la siguiente: ¿El grupo asaltante era realmente un grupo terrorista islámico? Tenemos a la persona que puede contestar. ¿Qué opina, general?»

Tras largos minutos de publicidad, de publicidad tan cara como los segundos posteriores a las campanadas de fin de siglo, un general en la reserva, antiguo jefe del

CAR, respondía. Consideraba que los modos operativos, la técnica y la subdivisión en comandos del grupo invasor eran semejantes a los utilizados por el Cuerpo de Asalto Rápido, unidad de élite del ejército.

Al día siguiente la vorágine informativa y política estalló. Todos los periódicos se referían a la polémica emisión. Una nueva noticia alimentaba la controversia: el juez encargado de instruir el sumario sobre los sucesos del 27 O tomaba declaración a Jaime Zuriabeitia, un joven desconocido, en el hospital psiquiátrico donde permanecía ingresado desde el 31 de octubre. Seguidamente embargaba las cintas como prueba principal.

La misma noche, en un arriesgado informativo, Visa discrepó de la versión oficial. Volvió a presentarlo el subdirector de la cadena: «Como ustedes saben, no podemos ofrecerles las grabaciones de las cámaras de seguridad de Coxa por imperativo legal. El programa de hoy estaba concebido como colofón, pero nos vemos obligados a adelantarlo. Trata sobre la figura de Víctor Oliveira, director de la factoría de Coxa en España y eminente psicólogo. Está considerado promotor y cerebro de los sucesos del 27 O. Nos atrevemos a poner en duda esta interpretación. Para acercarnos a la personalidad de Oliveira Sancho les ofrecemos una prueba de su colaboración con la policía de Estados Unidos. Vean esta secuencia cedida por una cadena norteamericana».

A continuación aparecían las imágenes del atraco a una sucursal bancaria con apresamiento de rehenes en Saint Paul (Minnesota). «¡El rostro, quiero el rostro!», se oía en inglés. El zum de la cámara policial enfocaba el rostro del atracador. Posteriormente el presentador comentaba: «Lo que acaban de ver, cuatro minutos de grabación de un rostro, le bastó al catedrático de psicología conductual, Víctor Oliveira, para predecir el estado de ánimo, el grado de convicción y las expectativas del atracador. La policía sólo tuvo que repetir el mensaje elaborado por Oliveira Sancho para que el delincuente liberara a los cinco rehenes que mantenía secuestrados desde hacía varias horas. Parece ciencia ficción pero se trata de psicología conductual aplicada».

Después repasaba la biografía de Oliveira: único hijo de una familia de pescadores de Isla. Padeció diabetes mellitus, del tipo I, desde los siete años. Estudió psicología en Salamanca y se doctoró en EE UU, donde ejerció durante seis años. La voz en off aseguraba, mientras la cámara se detenía en la portada del libro, que su manual de *Tests Gestuales* es una obra clásica. Al equipo de Oliveira Sancho se deben las interpretaciones profundas de microgestos. El reportaje explicaba que dejó la cátedra de psicología conductual al ser captado, mediante uno de los más extraños y rentables contratos, por la gran industria. La multinacional de medicamentos y cosméticos Coxa lo nombró, al comienzo de la crisis, director de varias plantas europeas, donde consiguió rendimientos espectaculares. Aplicó métodos psicológicos a los equipos de trabajo y estableció parcelas de interés e incentivos sociales. Sus sistemas rotativos de despidos y admisiones fueron interpretados como una experiencia positiva en el reparto de trabajo. Cuando sucedieron los hechos dirigía la factoría española.

«Este hombre, Víctor Oliveira —concluía el subdirector de la cadena—, fue presentado oficialmente como responsable del sabotaje a Coxa y de los sucesos del 27 O. Estábamos en condiciones de ponerlo en duda pero el material informativo ha sido embargado. Le compete a la justicia aclarar la verdad. —La cámara pasaba al plano corto para enfatizar el mensaje—: Nuestra misión, la dolorosa misión de reabrir la herida, concluye aquí.»

Uno

El día 26 de octubre, a las tres de la tarde, se abrió el cilindro de cristal que daba acceso al edificio de dirección de Coxa y salieron el psicólogo y el químico.

El Tigras los vio a través del follaje de la ribera y continuó apoyado contra la puerta trasera de la funeraria, paredaña a su taller. Esperó a que cruzaran el puente y echó una ojeada al almacén de ataúdes. Hacía varios años que había elegido uno para su padre, el más barato.

Al psicólogo lo podía rajar cualquiera, uno de los cientos de despedidos o de los que estaban en la lista de reducción de plantilla. Desde que llegó a la factoría empezó a echar gente, lo aseguraba el Zuri, y al Zuri, además de ser un tío legal, le funcionaba la cabeza. ¿Llevaría un arma aquel cabrón?

Las cinco chimeneas que taladraban el cielo apenas humeaban, pero el barrio Quimicox olía como un hospital.

Seguro que el psicólogo llevaba un arma en la sobaquera, por eso vestía con traje. Aunque había que reconocer su sangre fría. Todos los jefecillos salían de la planta protegidos por los cristales ahumados de sus coches y arrancaban con una mordida de neumáticos. Buscaban la circunvalación cuarta y se largaban al otro extremo de la ciudad.

Los dos hombres cruzaron la explanada de grava que aislaba el edificio de dirección y pasaron frente a los autobuses de la empresa aparcados en batería. Cuando se acercaban a la valla comenzó a deslizarse la puerta de control. Ya estaban fuera, se dirigían hacia el puente del río, en territorio de nadie.

El Tigras rodeó la funeraria y miró a través del escaparate al Riñones, el dueño del negocio, que aguardaba en su butaca de terciopelo rojo a que alguien del barrio la palmara. El muchacho caminó cansinamente, a cien metros de los directivos, por la acera de los okupas, cinco manzanas de casas con las fachadas pintarrajeadas. Sorteó a un grupo que fumaba en la acera.

Sobre el dintel de un porche brillaba un mensaje pintado con espray fosforescente: «Okúpate. Okupatú». La pintada compartió la portada de la revista *Intervén* con los llamativos pezones, dos granos de uva moscatel, de una modelo. «Carne y fruta, el menú del otoño», señalaba el titular de la revista. Quimicox resultaba una guinda virgen para la prensa y la televisión. El barrio era el escaparate de las lacras que provocaba la crisis, utilizadas por el Partido Demócrata Puro para su ascenso: irradiaba el morbo de los asesinatos y lo habitaban miles de inmigrantes. Además albergaba la movida del cura: los vaqueros Alternativos que se fabricaban en la iglesia de San Carlos despertaban pasiones desde que se anunciaban en la publicidad C.

El Tigras metió las manos en los bolsillos y se palpó el carné. Un coche de la pasma vigilaba a pocos metros, en una esquina de la avenida. Tras las elecciones había que llevar el carné en la boca.

Arturo Yesa pasó junto al coche de policía sin alterar el paso de felino ahíto. Le apodaron «el Tigras» cuando a los dieciséis años se especializó en saltar la cerradura del Opel Tigra. Se jactaba de robar un vehículo en cuanto agotaba el depósito de gasolina del anterior. Los prefería amarillos. Los policías observaron a un joven, quizá de veinte años, vestido de negro y con dos pendientes diminutos en la oreja izquierda. La tez blanca y el cabello cuidado eran indicadores de normalidad. No se apreciaban armas bajo su vestimenta y aparentaba la indiferencia de los inocentes. No lo molestaron.

El químico y el psicólogo se introdujeron en el callejón del Doncel. El Tigras los perdió de vista. Se permitían el lujazo de atajar por el sector de moros y negratas, como si se la sudaran los asesinatos que llenaban los papeles y las pantallas. El psicólogo se amparaba en el químico, un tío enrollado que comía en el barrio y a veces se echaba unas cañas de cerveza en el Clan.

En los bares se respiraba el tufo de los despidos. Se rumoreaba que Oliveira había decidido reducir el diez por ciento de la plantilla, dos tíos de cada equipo. Entre ellos el Zuri, el hermano de Carmen. Lo mandaban a la puta calle porque era sindicalista, tenía buen pico para convencer a la gente y defendía a los moros. Y el mamón del psicólogo se daba un garbeo sin escolta. Saltaba a la vista que no llevaba gorilas, la espalda limpia, y encima andaba por las calles turbias, donde aparecieron los primeros fiambres de moteros.

El Tigras avivó el paso y se apostó a la entrada del Clan, un bar restaurante que antes se llamó La Masía. La vieja del bar o Carmen le daban comida a veces, cuando enfermaba el Besos. El Clan había ganado categoría y clientela desde que lo pisaba Oliveira, el psicólogo y director de la planta. Incluso salía en los papeles como restaurante tradicional. De pronto la comida casera de la vieja tenía un puntazo de estilo, ese toque de clase que dan los huevos de oro. La única joya del bar era Carmen, una tía con cerebro que gastaba un cuerpo de curvas engrasadas.

A Arturo Yesa le fascinaba y le repelía al mismo tiempo el poder de convencimiento que le atribuían a Oliveira. Su amigo el Zuri, hermano de Carmen, definía al psicólogo como un animal peligroso e inteligente. El Tigras se palpó el triángulo de carne muerta de su mano derecha mientras esperaba a los directivos.

Sorteando grupos de inmigrantes, Híjar y el psicólogo doblaron la esquina de Lepanto. Una acacia vieja reventaba su esplendor otoñal contra los ladrillos leprosos de la iglesia de San Carlos. Pasaron bajo el cartel electoral del actual alcalde. Los fanáticos de Néstor Sodio empapelaron el barrio una madrugada desde un camión grúa para que nadie arrancara su propaganda: «¡Bótalos! ¡Vótanos!». Una falange de camisas grises con el emblema naranja protegía el camión. Sobre el paño central de la fachada de la iglesia colocaron un cartelón gigante, un aviso al padre Novoa: el alcalde abría los brazos y miraba al cielo con gesto paternal. Un trapecista arriesgó el pellejo para arruinar el cartel. Con espray rojo había dibujado una enorme polla que nacía en la bragueta y llegaba hasta las barbas del dirigente. «Con esto os dará por el culo», se leía. La frase electoral del candidato del PDP a la alcaldía, «Un penal de acero para los delincuentes», había dado lugar al apodo de «Peneacero».

Sin embargo ganó la alcaldía y la sombra del Partido Demócrata Puro se cernía sobre la presidencia de la comunidad. El periódico *Información* había publicado un artículo en el que denunciaba la supuesta financiación de la multinacional Coxa al PDP. Aseguraba que nueve mil millones de la multinacional costearon la feroz campaña publicitaria de los puros. El PDP logró superar su marginación, apenas un cuatro por ciento de los votos, para alcanzar un inquietante veintidós por ciento nacional. Su triunfo más sonado se produjo en la ciudad, donde consiguió el cuarenta y uno por ciento de los votos.

Los dos directivos conversaban indiferentes, o eso le pareció al Tigras. Quizá porque en la esquina de la iglesia, convertida ahora en fábrica textil, había otra yogurtera de la pasma. Desde que salió elegido, Peneacero tomó el barrio Quimicox como si fuera un presidio. Observó al psicólogo, vestido con un traje verde arena y una corbata de dibujos amarillos. De catálogo. Un tío que escupía poder y meaba dinero caminaba por el barrio más peligroso tieso como un maniquí. ¿Qué llevaría en aquel maletín? ¿Un ordenador portátil? Era un tipo raro, como lo eran las tías que lo llamaban al correo electrónico. Recordó que debía ir por el certificado a la clínica para follarse a la vieja aquella tarde.

Híjar y Oliveira cruzaron la avenida y enfilaron hacia la puerta del Clan. Decían que el psicólogo les comería el tarro a todos los que hablan con él, lo asegura el Zuri. Se la mete cruzada a la gente y encima lo babosean. La vieja que lo había contratado también le prometía pasarelas de moda. Mentiras blandas para mantenerlo contento.

El Tigras aplastó una lata de cerveza, como si chafara una cucaracha, cuando el psicólogo pasó a su lado.

Oliveira lo escrutó. El crujido del envase de aluminio le llamó la atención. El joven vestido de negro perdía la mirada a lo lejos con aparente flema. Miraba la torre barroca, un muñón achaparrado que flanqueaba la fachada de San Carlos. En los vanos de campanario lucían los círculos de arpillera enmarcados en lona azul: Alternativos, el emblema de los pantalones vaqueros que invadían el mercado.

Arturo Yesa bajó la vista y clavó la mirada en las gafas del psicólogo, que lo observaba impasible. El mamón usaba gafas de culo de vaso, y la mirada llegaba turbia, como agua contaminada. Le pareció que el pichafría del psicólogo esbozaba una sonrisa. Se creía superior, era de la misma pasta que la vieja con la que estaba citado. Babosos que avasallan porque tienen chapado en oro hasta el anillo del culo.

Híjar empujó amistosamente a Oliveira y le comentó en voz baja:

—Pasando de provocaciones, es hora de comer.

A Oliveira le interesaba el joven. Había repetido la provocación varias veces. El crujido del odio. Preguntó, al director de la planta le resulta sencillo conseguir información en las sesiones de eficacia de los equipos, y le contaron la vida de Arturo Yesa, conocido como el Tigras. Oliveira dio un paso ambiguo, en diagonal, avanzando hacia el interior del bar y hacia el joven. Advirtió la tensión súbita del muchacho, que sacó la mano izquierda del bolsillo y contrajo el brazo. Agresividad latente, individualismo. Una rata líder.

Dos

Híjar condujo al psicólogo, tomándolo de los hombros, al interior del Clan.

—No les busques las cosquillas, Oliveira. La olla, con la crisis y los despidos, ya tiene suficiente presión.

Híjar se desenvolvía con soltura en aquel ambiente mestizo y primario. Una actitud arraigada en el carácter favorecida por su temperamento conciliador.

—¡Crag!, así suena el rencor quemado, Híjar —comentó Oliveira. Le había sorprendido el crujido del envase metálico.

El químico saludó con la mano a Canals, que los recibía con una sonrisa servil desde el centro de la barra.

—Quizá sea el sonido de las tripas —aventuró el químico.

Oliveira se acomodó al fondo de la barra. Canals desatendió a otros clientes para ponerle agua con gas en vaso helado y preguntó:

—¿Lo han molestado?

—En absoluto —contestó con sequedad el psicólogo.

Canals se alejó. El director de la planta no consentía familiaridades y creaba un círculo de hielo a su alrededor.

—El joven que trata de intimidarme no pasa hambre

—le aseguró Oliveira a su compañero, de nuevo en tono coloquial.

El químico pidió una cerveza. La gente miraba el televisor. Otros esperaban en las mesas del fondo su turno para comer.

—¿Trabaja en la cadena? —preguntó Híjar sin interés. Se sentía molesto, notaba que los observaban aunque fingían atender al televisor.

—Arturo Yesa, El Oriental de la Moto, un amante selecto. Así se anuncia en Internet. Medrará, actúa con el sistema límbico y razona con precisión.

—¿Y de qué color lleva los calzoncillos?

Salvo Carlos Híjar, el director químico de la factoría VI, nadie osaba hablarle así a Oliveira. Durante el año que compartieron el restaurante y las bromas sobre el cuerpo de la camarera se había forjado un entendimiento cortés entre ambos.

—Igual que los tuyos.

—Entonces, de usar y tirar.

—Comentan que ese joven tapió la puerta de su casa con hormigón, cuando quedó huérfano, para que no se llevaran a su hermano mayor, que padece el síndrome de Down —explicó Oliveira.

—¿Qué dices ahora? —Híjar observó la expresión enigmática del director de la planta. A veces le parecía un rostro impenetrable, un animal oscuro—. ¿Te divierte hurgar en las tripas de la gente?

—Me pagan por eso.

—Gozas jugando con los animalitos. Metes a las ratas en el laberinto y observas a través del techo de cristal. Conclusión, que follas poco.

En la televisión pronosticaban el tiempo. Situación del sureste con bajas temperaturas en las capas altas. Predecían temporales.

—¿Desean subir al comedor? —preguntó Canals.

—Póngame otra cerveza. Hay que prepararse para la lluvia mojándose por dentro. —Híjar trató de compensar el trato distante de Oliveira con un comentario simpático.

—La que va a caer, según anuncian. Aunque vaya usted a saber... —Canals dirigió la mirada y la sonrisa rastrera a Oliveira.

El psicólogo observaba la clientela. Los cristales de las gafas ocultaban los iris claros. Cuando el viejo se alejó comentó con ironía:

—Es impredecible la acción del alcohol sobre la fluoxetina combinada con otros fármacos.

Híjar se quedó sorprendido por aquel comentario. ¿Sabía Oliveira que tomaba ansiolíticos?, pero replicó de inmediato:

—Mi reacción puede ser negativa. Te voy a mandar a hacer leches. —Híjar meditó unos segundos—. ¿Y tú cómo cojones sabes...?

—¿Subimos al comedor?

El Clan disponía de comedor en la parte superior. Un pequeño apartado, con un amplio ventanal abierto a la avenida, se reservaba exclusivamente para ambos directivos de Coxa. Oliveira negoció el régimen de comidas, la composición de los platos y las tiendas donde se debían adquirir determinados ingredientes. La señora Canals aceptó al conocer el pago. Las comidas de los directivos durante los cinco días laborables de la semana dejaban tantos beneficios como el resto del bar.

Canals, como buen empresario, desconfiaba de las ganancias fáciles, aunque en su razonamiento sopesaba el estricto régimen que tenía que guardar el psicólogo, la buena mano de su mujer para la cazuela y el servicio de Carmen. La sobrina, que trabajaba de camarera para pagar la enfermedad de su cuñado, tenía el cuerpo tentador, y a estas gentes les agradan los caprichos. Su mentalidad comercial no concebía el precio que pagaban por las comidas. El director de la planta jamás le contestó a un comentario ni le facilitó un trato cordial.

Híjar miraba la avenida, la arteria de Quimicox, que terminaba un kilómetro más arriba en la plaza de la Audiencia. Dejó transcurrir los cinco minutos de cortesía bebiendo cerveza frente al ventanal. Era el tiempo que le costaba a Oliveira encerrarse en el servicio, pincharse con la lanceta y analizar la sangre en el glucómetro. Se metía el pico correspondiente de insulina y salía.

Carmen esperaba a la puerta del reservado. Híjar la miró un segundo. Insólito, vestía una falda corta. Le apetecía lamer aquellos muslos de flan. Le pareció que la mujer le había sonreído. Cortesía pura. Era de educación fría, modales distantes y entrepierna inabordable. Recordó a la modelo desnuda en el interior de la botella de el precio aquel servicio? No, Carmen ya servía antes en el restaurante. Una nebulosa roja en la nuca, la turbación del deseo.

Oliveira se sentó a la mesa y miró el trozo de barrio que se divisaba desde el ventanal. Al fondo se alzaba la Torre Verde, treinta pisos forrados de acristalamiento esmeralda y coronados por el anagrama de un banco.

—Señor, hoy tiene arroz de Siena y jamón braseado. De postre, yogur casero con fresas o manzana —anunció Carmen.

—Perfecto. Sírvalo.

—Y usted, ¿qué desea?

Carlos Híjar miró a la mujer. La blusa estampada dejaba ver las clavículas. Volvió la cabeza hacia Oliveira y pidió:

—Yo tomaré algo con abundante azúcar, bañado en cremas, salsas y con muchas proteínas.

—¿Perdón?

Carmen fingió no comprender. Se agachó unos centímetros y quebró la cintura. Parecía altísima, usaba tacón de aguja.

Oliveira permanecía con su máscara impasible.

—No me haga caso, era una broma —aclaró el químico—. Comeré lo mismo que el señor. Hoy tomaré vino. Elija el que quiera.

La camarera se retiró e Híjar aprovechó para comentar:

—¿Se le ha roto el cabezal de las caderas o nos quiere asombrar con el vaivén del culo?

—Es una insinuación calculada —sostuvo Oliveira.

—¿Dirigida a ti o a mí?

Aquel ritual de comentarios en tono quedo, como si hablaran de la salsa de espárragos o de la planta de fermentación, se repetía diariamente.

—El fruto va a caer en tus manos —predijo Oliveira.

—¿Te han puesto bola de cristal en el despacho?

—La especie humana se comporta de forma similar desde hace siglos.

—¿No me digas? —exclamó burlonamente Híjar—. ¡Una charla sobre comportamiento humano, por el catedrático de conducta, no, por favor! Al fin y al cabo he pedido lo mismo que tú, no he sido muy cabrón. Aunque puedo pedir de postre los profiteroles regados con chocolate puro.

Carmen descorchó la botella, esperó a que Híjar aceptara el vino y llenó la copa. Sirvió el primer plato y se retiró hasta la puerta.

—Has soltado tres acertijos hoy, Oliveira. El chino de la moto o algo así, la fluoxetina y, el tercero, que me va a caer a mí la fruta.

Hablaban en tono bajo y esperaban el alejamiento de Carmen.

—Información privilegiada. Presido los grupos de trabajo.

Híjar reprimió una carcajada. Pidió sal. Cuando la camarera salió, aprovechó el químico para contestar:

—Los grupos de trabajo son una putada trufada con nata. Les has hecho creer que una parte de la empresa es suya. Curran y callan atraídos por los incentivos sociales, bonita invención, con una finura añadida: los despides rotativamente y tragan. Acongojante.

—¿O acojonante? —Oliveira dejó la pregunta en el aire y miró a su compañero. Híjar tenía un entramado temperamental blando, pero razonaba con agudeza. La síntesis sobre los equipos de trabajo era singular. La camarera le ofrecía sal a su compañero de mesa. Añadió—: La nata, como tú dices, es el atractivo. Ayuda a digerir las condiciones laborales.

El químico gustó el vino y mascullό:

—Vaya borde que está hecho el pastelero.

—Yo no he montado el restaurante. Me piden que recorte el menú en tiempos de crisis y lo hago. A ti no te hacen falta estímulos. Te matas solito trabajando.

—¿Qué? —se extrañó el químico.

—Tu productividad. Desde que te abandonó tu cónyuge pasas un promedio de once horas en la planta. Un récord.

—¿Ha terminado el primer plato? —preguntó Carmen.

Híjar levantó la vista y la clavó en el escote de la blusa. Clavículas de plástico duro y tetas menudas. Salió de nuevo la camarera. El químico, a la vez que lo imaginaba, se preguntó en voz alta:

—¿Cómo follará?

—Tiene una boca de mamífero especializado. Una chupapollas —la definió Oliveira.

—¡Joder, qué comentario! Eres capaz de estar con una tía y pensar que es un animal hembra.

—Imagínatela subida a tu cintura. Te puede apretar el culo con los tacones de aguja.

Híjar sonrió. Le agradaba la frase procaz del psicólogo. Dijo:

—Van mejorando tus apreciaciones sobre las tías. Tiene la cintura de látex y el culo duro.

Apareció Carmen con los segundos platos.

—Quizá lo puedas comprobar —añadió Oliveira con absoluta seriedad mientras la camarera servía.

—No lo veo factible. —Le agradaba aquel juego a Híjar. Durante la comida hablaban en clave sobre la mujer.

—¿Desea otro filete?

—Está bien así. Correcto —zanjó Oliveira.

Carmen volvió a servir vino en la copa y se retiró.

—Me explicarás de una vez los tres acertijos, especialmente el tercero —pidió Híjar.

—Los dos primeros son hechos empíricos. Me dieron información sobre Arturo Yesa, el joven que se aposta a la entrada, y la comprobé en la red. Se anuncia en Internet como puto de lujo, aparece un montaje visual con su foto. Un tipo interesante e intuitivo. Tendrá trabajo. El segundo...

Se sostuvieron la mirada. El químico se asombraba de la capacidad de observación de Oliveira. ¿Cómo sabía que tomaba fluoxetina? Lo apremió:

—Larga de una vez.

—Tras la crisis de pareja que sufriste —Oliveira hablaba con indiferencia, como si se tratara de un asunto de la cadena de envasado—, aparecieron ciertos síntomas depresivos; los hubiera apreciado cualquiera: disminución del apetito, desconcentración, hubo problemas en la torre de amoniaco y otros síntomas menores. Los trataste con ansiolíticos y antidepresivos. Desapareció el temblor en las manos, dilatación de la pupila... —Oliveira calló cuando se acercó la camarera.

—¿Qué desean de postre?

Híjar recordó que distanció el seguimiento de la torre de síntesis amoniacal. Ocurrió a la semana de largarse

Tina. Aquel cabrón lo sabía. ¿Acertaría con el tercero? Intencionadamente pidió:

—Profiteroles inundados de chocolate negro.

—Se demorarán unos minutos. No está preparado el chocolate —respondió la mujer.

—Esperaré.

Carmen asintió y los dejó solos. Híjar remachó:

—Esperaré pero te retorcerás de envidia.

—La fluoxetina ha quedado obsoleta. Además, el fármaco te hace estar sexualmente excitado. Estás salido. Deberías...

—Jamás, prefiero el manicomio. Nunca meteré mi conciencia en tu minipímer. ¡No intentes ejercer de psiquiatra conmigo!

—Visión optimista, aceptación de tu situación... Te estás recuperando —diagnosticó Oliveira.

—Vale, bingo. Me pareces un monstruito.

—Lo soy. En lugar de páncreas tengo una lengüeta de cuero.

Híjar calló unos segundos. Le extrañaba aquella mención de la enfermedad. El psicólogo no era proclive a las confidencias ni a cualquier referencia a sí mismo. El químico cedió:

—Suprimo los profiteroles y me tomo un postre de diabético. La envidia daña el hígado y no quiero que una cirrosis te arrugue.

—Lleva siempre tus venganzas hasta el final —aconsejó Oliveira.

—Sí, maestro. ¿Y el tercero? ¿Me follaré a la camarera?

Oliveira entrelazó los dedos bajo el mentón. Usaba una economía gestual irritante, pero Híjar había descubierto un engrosamiento del labio superior, una actitud golosa, cuando Oliveira se sentía estimulado o irónico.

—El tercero es una hipótesis, y como tal puede ser acertada o errónea —precisó el psicólogo.

—¿Apretándome los riñones con los tacones de aguja?

—Es una posibilidad...

Carmen le sirvió a Oliveira una manzana reineta y regó con chocolate negro los profiteroles.

Cuando la joven se inclinó para servir, Híjar observó el cordón de plata que lucía en el cuello y la peca en la clavícula. Imaginó aquel cordón enredado en los pezones. Tengo que acostarme con una tía, esto es enfermizo, pensó. Supo que Oliveira lo estaba mirando. Levantó la vista y vio el rostro hierático del director. Carmen se retiró hasta la puerta. No pudo evitar mirarla: la boca carnal resaltaba entre los pómulos abultados y las mejillas hundidas. Ella no retiró la mirada. Carmen había desequilibrado las caderas, un brazo sobre el estómago y el codo contrario apoyado en la mano. Destilaba esencia femenina, un licor que embriagaba al químico. Híjar cultivaba la obsesión por Carmen, le ayudaba a olvidar a su mujer y a Pablo. No le gustaba pensar cuando lo miraba Oliveira, se sentía desnudo. Recordó el anuncio de whisky Cer2. La modelo encerrada en la botella se parecía a Carmen. La camarera recogió el plato del director y salió. Híjar le preguntó a su compañero de mesa:

—¿Se puede saber por qué te dio la manía de comer conmigo? —El otro lo contemplaba—. Yo descubrí este garito. Y, además, pasaba de tu invento. ¡Comedor especial para los directivos en la propia empresa!

—A mí también me repugna la comida de empresa.

—¡Vaya! Inventas el comedor para directivos y no lo usas. ¿Se puede saber por qué comes conmigo? —preguntó Híjar.

—Por varias razones. Primera, el comedor de directivos es un foso de reptiles donde huele a alabanza falsa. Tú no me adulas.

A Híjar le volvió a sorprender. Podía ser un comentario sincero. Replicó aumentando la presión irónica:

—¿Adular a un finísimo explotador? ¡Jamás! Eres único para manipular elegantemente al personal.

—La gente agradece la elegancia.

—Oye, ¿no estarás usándome como si fuera un preservativo? Porque tus acciones no son inocentes. Me gano al químico para joder al jefe de personal, por ejemplo.

Oliveira sonrió y argumentó:

—No. Tienes capacidad para compartir miserias.

—Coño, desconocía mi vena redentora —comentó divertido el químico.

—Tal vez se deba a un núcleo temperamental blando.

—No me jodas de nuevo con el psicoanálisis. Mi mujer también decía que yo era una buena persona. —Híjar irguió el dedo corazón—. Y se largó con un publicista.

Oliveira tomó el tenedor, pinchó un profiterol y se lo llevó a la boca. Al químico le agradó el gesto de confianza. Oliveira aclaró:

—Tú eres capaz de conocer una bajeza, una de las miles que comete cada cual, y no chantajear al protagonista.

—Me estás diciendo, a tu manera tan alambicada, que soy una rata piadosa.

—Tienes facilidad para la síntesis.

—Soy químico.

Tres

Apareció Carmen, se llevó el servicio y dejó la prensa sobre el mantel, como todos los días. Llegaba el bullicio suave del comedor contiguo hasta que la camarera cerró la puerta.

Un sol gastado levantaba las pieles viejas del barrio. En torno a la iglesia de San Carlos reinaba el trasiego de inmigrantes. En la planta textil se realizaban turnos de trabajo de cuatro horas. El cura estaba revolucionando el mercado laboral. Sonó un teléfono móvil.

—Perdón —dijo Híjar, y buscó en el bolsillo de su chaqueta—. Dirección química. Dígame. Ah, sí, Adela... Por Dios, no me molestas...

Oliveira, mientras su compañero hablaba, le analizó el rostro: la tensión de los orbiculares y la contracción del músculo depresor del labio indicaban una situación de alerta.

—¿Una gotera? —preguntaba Híjar—. Si lo puedo solucionar... ¿Crees que va a llover tanto como dicen?

El psicólogo advirtió la fijación de la pupila y la distensión del corrugador superciliar. Interpretó que la conversación decepcionaba al químico.

—Claro que sí, mujer. Intentaré acercarme esta misma tarde.

Híjar desconectó el teléfono y le explicó a su compañero:

—Una tía de mi mujer, bueno, de mi ex, una vieja encantadora y lista, asustada por la predicción del tiempo.

—Anuncian temporal, ¿no?

—Deben de anunciar algo más. Alerta azul y riesgo de inundaciones. Tiene una gotera en el tejado.

Oliveira asentía. Sólo comentaba los asuntos personales en un tono irónico y distante. Se protegía contra los rebotes, dedujo Híjar. Porque tendría como todos, su lado vulnerable.

Llamaron a la puerta. Carmen le ofreció a Oliveira un pequeño puro en una bandeja. El director acarició un cigarro pequeño, H. Upmann, y lo olió.

—Perfecto —admitió cortante.

Híjar creyó que Carmen había dejado caer las cerillas intencionadamente. Apoyó, un contacto fugaz, la mano en su hombro al recogerlas. Durante el año y medio que le sirvió la comida apenas lo había rozado. Usaba un perfume con resabios de madera, ¿cuál? Tal vez se había perfumado un instante antes de entrar. Un perfume que le recordaba una canción. ¿Cuál? La tenía en el umbral de la memoria. ¿Cuál, por Dios?

Oliveira le enseñaba la doble página de la revista *Intervén*, ocupada por una foto y un titular. La imagen mostraba el interior de la iglesia de San Carlos. Sobre el lienzo de la pared lateral lucía un mural. Representaba, con una técnica de realismo ingenuo, un ahorcamiento múltiple. El brazo de una pala excavadora sostenía una parrilla de hierro de la que colgaban siete cuerpos. Las piernas de los ahorcados describían una *uve* invertida. Bajo el mural se extendía la fábrica textil. La nave de la iglesia estaba ocupada por docenas de máquinas industriales de costura y sobre el altar se veían mesas con ordenadores y los troqueles de los patrones. «La Iglesia cumple con su papel social. Da trabajo a los inmigrantes. ¿No es esta su verdadera función?» Era la frase del padre Novoa reproducida con tipografía grande.

—Un cura listo. Se forrará —predijo Híjar. Observó a Oliveira que fumaba mientras hojeaba la revista. ¿Le había enseñado el artículo con intención? ¿Había visto el anuncio de los Alternativos?

—Ha dado en la diana —comentó el director—. Pantalones vaqueros de estilo. El círculo de arpillera en los bolsillos traseros es un multisímbolo: arte pobre, ecología, naturismo...Y además pinta en la pared de la iglesia un ahorcamiento. Les recuerda a sus trabajadores que carecen de alternativa: o su empresa o el retorno a su país. Sutil y cruel.

Híjar supuso que había visto el anuncio que protagonizaba su ex mujer. Oliveira también era sutil y cruel. Expresó en voz alta el deseo que le acababa de aflorar:

—El PDP cerrará la iglesia.

Oliveira pasó página. Opinó:

—Es un negocio rentable. Los buenos negocios nunca se cierran. Acaso se reparten beneficios con los competidores o con los agresores.

La predicción molestó a Híjar. Deseaba que la empresa del cura se hundiera. Atajó:

—¿Has visto el anuncio?

—¿De los jeans? —Oliveira pasó página y se lo mostró: una mujer con el torso desnudo se defendía de un negro que intentaba arrancarle los pantalones.

—Esa tía es mi esposa, bueno, era.

Híjar examinó los ojos de su compañero. La mirada del psicólogo se mostraba inexpresiva. En su rostro destacaban los poderosos senos frontales y una sutura que le recorría el mentón. Oliveira intuyó la sospecha del químico. Aseguró:

—No lo sabía. No conozco a tu ex.

—Pasan el anuncio completo en la publicidad C, vaya invento, la de la una de la madrugada. La gente trasnocha por ver esa publicidad como si fuera la mejor película. Si ves el anuncio comprobarás cómo actúa mi mujer. Se desnuda con finura —explicó el químico con cinismo.

Híjar pasó una hoja del periódico. «El PDP acusa a Coxa de retrasar la depuración de los vertidos», leyó. Intentó romper el silencio tenso:

—Mira esto... —le mostró el titular. Oliveira levantó la vista, pero Híjar, desentendiéndose del artículo, comentó—: Ya ves. Tenía una mujer bonita y con la imagen de ingenua. ¿Quién me iba a decir a mí que se moría por enseñar el culo? En el anuncio de la C va de tía madura. Parece que la intentan violar y la desnudan con brutalidad. ¡Nada de eso, sólo quieren robar sus pantalones vaqueros Alternativos! —explicó, sin conexión con el titular que mostraba.

Oliveira pensaría que Tina tenía las tetas apetecibles. Y sin broncear. Vaya detalle del director del anuncio. Una persona pudorosa que toma el sol con el sostén puesto. Y usa gafitas de montura negra. Un animal de la pantalla, con su aparente ingenuidad. Así la había definido Vico, el publicista con quien se largó, recordaba Híjar.

—Esa denuncia del PDP es una maniobra para enturbiar las evidencias —consideró Oliveira, refiriéndose al titular.

—¿Una maniobra? ¿Coxa financió al PDP?

Oliveira pasaba hojas. Veinte páginas dedicaba la revista *Intervén* al barrio, especialmente a los veintitrés asesinatos, la mayoría de jóvenes simpatizantes del PDP, ocurridos en los dos últimos meses. Les disparaban desde las ventanas, los portales o los tejados.

—¿Tú crees que lo financió? —repitió Híjar. Se percató de la improcedencia de su pregunta. Tenía ganas de olvidar el tema de su mujer.

—La ignorancia a veces es un eximente —estimó Oliveira con apatía.

—¡No me vengas con misterios! —protestó el químico. Se dio cuenta de que rompía la discreción que presidía sus comidas. Se encontraba violento. Tal vez no debía tomar vino con tantas pastillas. Pero las pastillas le iban bien, se encontraba hueco y feliz. De repente modificó el tono—: Disculpa. Me la suda. Me da igual que Coxa financiara a los fascistas, a los magrebíes o a una compañía de circo.

Oliveira exhaló el humo. Preguntó:

—¿Qué tal estarías en Túnez? Tiene playas bellísimas.

—¿En Túnez?

—Desde Alemania se plantean el traslado de la planta. Coxa, en su emplazamiento actual, se encuentra en una disyuntiva. Aquí le subvencionan su generación de empleo directo e indirecto, sin embargo existen lazos inconscientes que asocian a nuestra querida multinacional con el barrio, los asesinatos y los vertidos que denuncian los ecologistas. Basura que erosiona su imagen. Sobre todo la que afecta a la línea de cosméticos: el futuro. Si pudieran trasladar la planta sin pérdidas lo harían ahora mismo.

Híjar no quería saber. Recordó un juguete infantil: un muñeco articulado giraba sobre una barra fija. Ya había dado su informe sobre los vertidos. Era posible evitarlos, aunque resultaría carísimo. La contaminación aérea la paliaba el viento de la región. Nunca le había oído a Oliveira una parrafada tan sincera sobre la situación de la planta española. Híjar sintió un pinchazo en el tímpano. Hacía dos años que lo habían operado.

Oliveira observó el gesto de dolor del químico. Ligera elevación del labio superior y reflejo del párpado. Parecía un dolor físico. Los ansiolíticos producían alteraciones momentáneas.

—Túnez... No me jodas. Tengo aquí a mi hijo. Me corresponde cada quince días. —Híjar pensó decirle que el próximo puente tenía previsto visitar con Pablo las estribaciones del Posets y realizar una pequeña escalada, pero se calló.

—El traslado de la factoría es una posibilidad remota. Sobre todo porque resultaría carísimo —concluyó Oliveira.

A Híjar le irritó aquella opción y razonó:

—Por eso Coxa subvencionó a los parafascistas. El PDP le calmará el barrio, eliminará a los cuatro moros que matan a los moteros que los apaleaban y controlará a los ecologistas. Todo como una seda. ¿Es cierto?

—Es una hipótesis razonable. Pero no comprobada.

Oliveira miró el ventanal. Junto al río se elevaba la vieja torre mudéjar de San Miguel. Una bandada de palomas cruzó la lámina del cielo y se posó en el campanario. Parecía un cielo holandés de Ruysdael. Y la vieja torre hundía los restos del chapitel en la bruma. O un cielo de Isla, su pueblo natal. Volvió a pasar páginas. El químico se llevó la mano a la oreja, notaba la púa del dolor. Si lo trasladaban a Túnez perdería a su hijo.

Tras pedir permiso con dos golpes entró Carmen. Cambió el cenicero. Un andar de cojinetes femeninos lubricados. De nuevo el aleteo del perfume. Tenía que acostarse con aquella tía, pensó Híjar, lo sacaba de quicio. Estaba salido, había diagnosticado el cabrón de Oliveira. Además, si se tiraba a la camarera, aplacaría el despecho que le provocó el abandono. Cuando no la veía en el restaurante la recordaba por el anuncio del whisky. Follaría con Carmen, la primera relación desde que se largó Tina, y se sentiría en pie de igualdad con su ex mujer. Lo abandonó sin previo aviso, apenas discutieron. ¿Cómo no se había dado cuenta de que llevaba años viviendo con una extraña?

—¿Desean algo más?

Oliveira negó de manera displicente. La camarera cerró con cuidado la puerta.

—Me voy ahora a la planta —decidió Híjar—. Si no hay problemas iré a mirar la dichosa gotera.

—Espera cinco minutos, te acompaño y acabo con esta agresión a mi cuerpo. De un Upmann lo mejor es el final. ¿De dónde los sacará? Estos puros escasean en el mercado.

El químico miró una nube alargada seccionada por el prisma de la Torre Verde, el edificio cercano a la Audiencia que dominaba el horizonte. Se pasó la mano por el pelo, últimamente le volvía la seborrea. Tina le compraba un champú con el que conseguía un cabello suelto. Fue al servicio y se peinó pensando en la camarera. Carmen estaría sirviendo en el comedor contiguo.

Cuatro

El Tigras se dejó conducir a la lujosa bañera. Tenía conectada la sonrisa rígida y entrecerraba los ojos. Había pasado lo más crudo, se había corrido y podía cobrar. Cuando veía el mensaje de la vieja en el correo electrónico se lo pensaba dos veces. Era un coñazo tener que pasar por la clínica, un conjunto de cubos blancos sembrados en una colina verde al final del segundo cinturón, al lado de la autopista. En lugar de una clínica parecía un campo de golf, donde correteaba la gente con el cablerío enganchado al cuerpo y perseguida por un coche eléctrico cargado de enfermeras. La hostia, allí les lijaban el sebo y los michelines a los apalancados. Encima, la clínica privada estaba en el quinto infierno, una salida de la autopista de Barcelona, con más seguratas a la entrada que un ministerio. Le miraban la polla, le sacaban sangre y por la tarde tenía que volver a recoger el papel. Por eso le cobraba a la vieja un plus de cuarenta billetes, aunque la tía se gastaba un pastón en la ropa que le regalaba y que él revendía. Si no se presentaba en el hotel con el certificado de la clínica, la maniática le impedía subir a la habitación. Caprichos de la gente forrada.

La profesión consistía en aguantar con una sonrisa y buena pose las venadas de las tías que no sabían dónde fundir la pasta, porque algunas ni siquiera querían follar, como la vieja. Y cobrar, claro. El agua estaba de puta madre. Se sentó, apoyó la espalda y se dejó enjabonar.

—¿En qué pensará este inconsciente, en qué? —se preguntó la vieja.

«En largarme», respondía mentalmente el Tigras. No te jode.

Sonreía con los ojos entrecerrados. En la primera cita con aquella tía metió la gamba: se le ocurrió contestar:

—Pienso en ti.

Y ella le montó el número.

—¡No vuelvas a mentirme! ¿Me oyes? ¡Vístete y sal de aquí! Un joven no piensa en una señora de edad, como yo. ¡No tolero la mentira!

Estaba zumbada pero le pagó, eso sí. Tardó en llamar. Ahora le había cogido el tranquillo. La tía podía soltar las gilipolleces que se le ocurrieran. Él se callaba como un muerto y sonreía.

El agua olía a hierbas. Terminaría antes de una hora, el Besos aún estaría despierto. La mujer lo enjabonaba con cuidado, geles de marca, esponjas de algas, la leche. La boca cerrada y los ojos también, para no ver aquellas tetas chungas que se descolgaban como dos pellejos. Vaya arrase que metía la vejez en los cuerpos.

La vieja sólo tenía un vicio: ver cómo se corría él. Una putada, porque le costaba un esfuerzo de concentración. Y no es que la tía no tuviera técnica, se la mamaba con clase, pero mirarla y aflojar era todo uno. Gracias que a la mujer le funcionaba la cabeza, últimamente le ponía una porno en el televisor y se hacía más llevadero. Ella aplaudía, se excitaba y dejaba que toda la lefa se le fuera encima. Se untaba la cara, se frotaba los párpados y conectaba un cronómetro. Le habían asegurado que la mascarilla de semen rejuvenecía. Una pirada con tantos millones como arrugas.

—¡A mi edad y aún te provoco el orgasmo, muchacho!

Él asentía como un imbécil. Siempre temía no cumplir, su polla no era un ordenador. Notó los chorros de agua que le golpeaban los riñones y los muslos. Aquella tía lo dejaba más gastado y lustroso que un guijarro del río.

—Sigues igual de fuerte. Y cuida tu alimentación, nada de comida basura, qué horror. Tienes que comer verdura y legumbres, ¿me oyes?

El Tigras asentía y se palpaba la carne muerta entre el nacimiento del índice y el pulgar. De niño, en el taller de su padre, una gota de soldadura le había dejado una rebaba muerta en la mano.

—Levántate.

Las toallas del hotel eran divinas, pura seda. Ahora venían las cremas.

—Levanta los brazos.

Le molestaba que le peinara el pelo hacia un lado, pero la dejaba hacer. Comenzó a vestirlo. Lo único que no revendía eran los calzoncillos, una baba de algodón, el desparrame.

—Mírate.

Arturo Yesa se miró en el espejo. Se gustaba. Se vio los hombros atléticos, brillantes a causa de los ungüentos. El calzón se ceñía al cuerpo como la caricia de una lengua.

—Un día te llevaré a mi finca de verano y desfilarás para Coupas, alucinará. Tienes una clase virgen, qué potro salvaje.

De repente, la vieja, sentada en la butaca, le bajó los calzoncillos y se metió el capullo en la boca. El Tigras notó un culebreo. Pensaba en la posibilidad de desfilar para Coupas. La habitación del hotel olía a la humedad perfumada de los ricos, un unto diferente. Ella exclamó:

—¡Uy, qué vigor! ¿No tendrás otra erección?

Sonrió, no se atrevió a responder.

Ella le subió la prenda, le apretó el paquete con ambas manos y dijo con melancolía:

—Qué dulzura, qué edad... ¡Venga! Llevo toda la semana buscándote ropa, me desvelo por ti. Y estoy segura de haber acertado la talla. ¡Si no me conoceré tu cuerpo! Vístete.

El Tigras se puso la camisa de color whisky del colgador y un pantalón negro. Ella lo fajó con una banda de tela.

—¡Camina!

Arturo Yesa metió la mano en el bolsillo y caminó por la habitación. Aquello se alargaba. Y nunca lo llevaría ante el diseñador, mentiras blandas que soltaba la vieja para que mantuviera el interés.

—¡Locura! ¡Es una locura! ¡Si te viera Coupas! Porque llevas encima un modelo exclusivo de Firentino & Coupas. No se creerá que puedas tener ese cuerpo. ¡Si te viera desfilar...!

El joven la miró con impaciencia. La idea de triunfar, de salir en las pantallas, le lamía el espinazo. Pero aquella zorra no movería un dedo por él, aunque babeaba al observarlo.

La mujer advirtió la inquietud de los ojos del joven. Tenían un recuerdo oriental, el pliegue de los párpados no alcanzaba a cubrir la córnea almendrada.

—Una última vuelta. Así, exacto. La locura de ir bien vestido. ¡Ahora eres alguien, eres tú mismo! —Le sobaba la chepa con falsas promesas—. Me impresionas, muchacho. A veces me recuerdas a mi hijo... —dijo la vieja con un tono nostálgico—. Qué tontería, a mi hijo cuando tenía tu edad, hace veinticinco años, aún no le había crecido esa horrible barriga... Date otra vuelta.

El Tigras se detuvo frente a ella y la observó con asco. Le cargaba con tanto paseo inútil. La mujer de repente chilló:

—¡Basta! ¡No me mires así! ¡Me das miedo!

El Tigras adoptó con prontitud la sonrisa estándar y realizó un gesto apaciguador mostrando las manos abiertas.

—Muchacho, por Dios, con lo que me preocupo por ti. Pero ¡a veces me miras de un modo...! Y no se te ocurra vestirte con esos horribles Alternativos. ¡Encima a Coupas le parecen originales! Dice que tienen un toque plebeyo que resalta su originalidad. Yo los encuentro horribles.

Al Tigras le parecieron simplemente feos el coño canoso y los pliegues del vientre.

—Anda, ya veo. Te ha cambiado el humor. Qué muchacho. En cuanto consigo pulir el diamante que llevas dentro te cambia el carácter. No estás acostumbrado al cariño, ya me lo advirtió mi psiquiatra cuando le hablé de ti.

Arturo Yesa cogió la bolsa de ropa y esperó a que le firmara el cheque.

—¿A qué día estamos hoy?

—Veintiséis de octubre.

—Y cuídate, come productos naturales. ¡Inconsciente! —le recriminó cariñosamente la mujer.

Él le acarició un mechón de pelo mientras ella le decía:

—Ordena en conserjería que me preparen un taxi. ¡Por Dios, qué tarde se me ha hecho! ¡Y aún tengo que ducharme! ¡Cada vez me consumes más tiempo!

El Tigras cruzó el vestíbulo, adornado con plantas tropicales que crecían en maceteros de mármol negro, y dio el recado secamente:

—Un taxi para la 420.

Nunca lo llevaría ante Coupas, un tipo que firmaba perfumes y ropa de diseño. Se abrieron las puertas acristaladas a su paso y se dirigió al garaje. Sentado en la moto, sacó de la bolsa la chupa negra y se la puso. Antes de que terminaran de abrirse las puertas automáticas, conectó el motor, metió la primera con la puntera y arrancó con suavidad.

Fuera llovía. Calles desiertas y semáforos intermitentes. Los habitantes de aquella ciudad estaban acojonados por el rosario de muertos. Circulaba con el motor dormido por el sector de Sagasta, donde se habían puesto de moda los bares como el Nórim, con tubos de cristal colgados del techo en los que se exhibía la gente. Tías y tíos metidos en enormes cubatas que subían y bajaban del techo. Él no llevaba la tarjeta F10 que abría las puertas de cualquier bar del sector. Conducía con suavidad, en algún cruce del centro le podían hacer un control, el chupómetro y carné, lo de siempre. La lluvia le golpeaba la pantalla del casco. Evitaría a los moteros del Peneacero, aunque ahora no invadían el barrio. El Jadida y su grupo también jugaban a matar, ni el Zuri lograba parar los asesinatos, desde que les llegó la pasta y las armas de un moro cebado de millones.

Tomó el camino de Miraflores, asfaltado a trechos, para entrar a Quimicox por el sur. El reguero de luces de la autopista brillaba a lo lejos. Aquella entrada del barrio apenas se utilizaba. Soltó gas, cogió el ramal de La Almozara y cuando quiso darse cuenta estaba frente a ellos.

Una formación en uve de moteros matanegros con el emblema naranja estampado en el casco. Llevaban los protectores de espalda a la vista, anclados encima de los petos, y parecían escorpiones.

No tenían huevos para recorrer el barrio y se apostaban en las entradas. Antes perseguían a las bandadas de negratas y moros que volvían al barrio después de revisar los contenedores de Independencia, Roma o Las Damas.

Cerró el puño del acelerador y puso punto muerto. Se cargaban a los moros con bates y barras de acero. *Ajonegro*, según contaba el Zuri, sacó un reportaje: «Un deporte asesino: la caza del magrebí con moto». Pero a él se la traía floja la empanada mental del Zuri. Tocó el freno.

—¿Vas para Quimicox?

El Tigras afirmó con la cabeza sin quitarse el casco. Si le echaran un perro adiestrado le darían paso: iba embadurnado de geles y olía a puta rica.

—¿Se te puede ver la jeta?

Lo rodeaban. La lluvia se deslizaba por el cristal circular y los veía difusamente. Cuando levantó la pantalla del casco lo enfocaron con linternas. ¿Dónde coño estaba la pasma ahora?

—¿Y qué vas a buscar en ese barrio? ¿Basura? —preguntó el que actuaba de showman.

—Vivo ahí —aclaró el Tigras.

—¿En qué trabajas?

—De camata en un hotel. Llevo jornada de tarde noche. —El Tigras transigía pero el presentador se acercaba demasiado. Cuando lo enfocó de nuevo a los ojos con la linterna, Yesa se incomodó. El avispero se le encendía dentro.

—En tu barrio tirotean a la gente desde las ventanas, ¿sabes?

Si metía la primera y salía con un acelerón se llevaría al tío colgado en la horquilla de la moto.

—¿No me has oído?

El Tigras se encogió de hombros. Se calló. El Besos lo estaría esperando.

—Es un currante legal, déjalo —soltó uno de atrás. Al Tigras le pareció un consejo bonito. Bajó la visera del casco y metió la marcha.

—¡Eh, eh! ¡Despacito!

El listo daba golpecitos a su Honda con una barra. Le estaba tocando los cojones. Se acordó del Besos y aguantó. A veces pensaba que el Besos lo mantenía vivo. Había visitado una residencia para mongólicos adultos y los internos criaban ojos gordos de tristeza, como los peces de las peceras.

—¿Conoces a la banda del Libio?

Arturo Yesa negó con la cabeza. El provoca golpeó el guardabarros delantero y abolló el carenado de la moto a la vez que gritaba:

—¡Y viviendo en la cloaca no conoces al Libio!

El macarra que amenizaba la fiesta le levantó la pantalla del casco y lo enfocó a los ojos. El Tigras sintió el mordisco oscuro que le subía a presión por la espalda.

—¡Marcos! —los colegas le gritaban al atrevido desde atrás—. ¡No te pases!

Era tarde. El Tigras le había escupido a la cara a la vez que soltaba el embrague y metía el acelerón. Sorteó dos motos y cogió la carretera. Se volvió un segundo y vio al macarra montar en una Kawa. Lo perseguían. Llegaban a las curvas del parque Palomar. El Tigras peinó el acelerador y los dejó atrás. Unos pardillos, no tenían el culo pelado por el sillín de la moto. Entonces se le ocurrió. En la recta que desembocaba en la glorieta los dejó que rompieran el motor, se le echaban encima. Redujo, punteó el freno trasero, levantó un palmo la horquilla y giró en redondo. Los cogía por detrás en la curva final del parque Palomar. Metió la cuarta, tumbada en la curva y salió con el motor alegre para emparejar a la Kawa. El macarra que le abolló la moto circulaba apurado con el asfalto mojado y una máquina que le venía grande. El Tigras inclinó su Honda hacia el otro motero, lo justo para que el contacto le devolviera la vertical, tocó con el pie el intermitente trasero y la Kawa inició la pirueta. La moto de aquel borde cayó de costado llevándose en la arrastrada al piloto. Cambió a segunda, saltó el bordillo y la Honda trepó por la colina de césped del parque Palomar. Cuando sorteó un bosquecillo de pinos apagó el motor y las luces. Oyó un par de disparos, pero ya no lo podían alcanzar. Encima tenían al bocazas abrasado por el arrastre. Llevaría la rodilla y la cadera en carne viva, una fiesta guapa.

Bajó sin luces por la pendiente de Delicias y entró en el barrio. Llovía con furia. Aparcó la moto, se acercó a la bodega del Zuri y comprobó que no estaba trabajando con sus trastos de electrónica. Caminó hasta uno de los puentes del Huerva. En la funeraria, junto a su taller, permanecía la luz encendida. El Riñones esperaba la ración de fiambre. Se sabía a ciegas la senda que conducía a la puerta de emergencia de su casa, ahora la única. Para cumplir con la normativa contra incendios su padre se había visto obligado a abrir en el taller mecánico una puerta que daba a la ribera del río Huerva.

El Besos, los ojos embotados de sueño, jugaba en el ordenador pequeño. Se pasaba las horas con el programa de Vibosilicom. Abrazó a su hermano y volvió a fijar la vista en la pantalla, donde una mujer con ojos de víbora extenuaba a los hombres hasta la muerte con polvos salvajes.

—La tengo tonta —dijo sin quitar la vista de la pantalla.

—¿Otra vez?

—¡Tonta, tonta, tonta! —el Besos se acariciaba a manotazos el pene, que se perfilaba erguido bajo el chándal.

—Te vas a ir a la cama.

—No, tato. —Siempre lo llamaba así, pese a que Arturo Yesa tenía dos años menos.

Se habían acostumbrado a vivir en el antiguo taller mecánico del padre, al que accedían por la estrecha puerta del foso que daba al río. La entrada principal del local, una persiana abatible y cuadrada de tres metros abocada a la calle Riera, había quedado sellada con hormigón hacía unos años. El amplio espacio que les servía de comedor, cocina y dormitorio sólo disponía de dos dependencias adosadas: un pequeño servicio y el antiguo despacho.

—Tato, a fumar.

—Ahora es tarde, Rubén. A dormir. —El Tigras miró

el correo en el segundo ordenador. Tenía un mensaje del Zuri, grabado a las nueve de la noche, que ya no podía atender: Carmen lo requería para arreglar un coche.

—Que no. La tengo tonta —rezongaba el Besos.

Arturo Yesa pensó que le faltaba velocidad al módem. El Zuri le había enseñado a manejar el ordenador. Se levantó del taburete y atendió a su hermano. Le golpeó cariñosamente el bulto que levantaba la entrepierna del chándal y comentó:

—Tonta, tonta... ¿Cuántas pajas te has hecho hoy?

—Dos.

—Pues ya vale. A dormir. A ti sí que te va a matar la víbora esa. —Y apagó el ordenador.

—¡Hala! —el Besos expresaba la queja con un fastidio especial—. ¿Y mañana subiremos a ver las palomas de la torre?

—Mañana, seguro.

—Tato... ¿A las palomas?

—Que sí, plomo. Mañana.

El Besos podía pasar una mañana contemplando a las palomas de la torre abandonada de San Miguel, a la que se accedía por un pasadizo que nacía en la ribera, o mirando la ciudad desde el campanario con los prismáticos. Arturo Yesa esperó a que se introdujera el Besos en la cama y lo tapó. Acariciaba un pliegue de la poderosa nuca de Rubén, como hacía su padre, y el Besos, después de mirar los dos carteles de Vibosilicom colgados en la cabecera, se dormía con la respiración gorda de los gatos viejos. Recordó la frase de la mujer con quien acababa de estar; aseguraba que él tenía una clase salvaje para desfilar en las pasarelas. Quizá fuera verdad, todas las tías que lo llamaban repetían, les daba morbazo su cuerpo. Incluso podría aparecer en la portada de una revista. De pronto sintió frío. Había decidido poner calefacción en el local, tenía una pasta ahorrada. El negocio de follar producía una tela gansa, mucho más que el de colgado, que también estaba bien pagado. Su padre no se lo creería.

El Besos engordaba, la última vez que lo pesó en la farmacia pesaba ochenta y seis kilos. Tendría que meter la comida en el despacho y cerrar con llave el frigorífico.

De pronto se fue la luz. Tal vez habían saltado los limitadores a causa de la humedad. Se asomó a la puerta y comprobó que seguía lloviendo. Desde la maleza de la ribera no se divisaba el barrio, pero los edificios del otro lado del Huerva también permanecían a oscuras, excepto Coxa, que se fabricaba su propia energía para casos de emergencia. Mientras se acostaba oyó la puesta en marcha del frigorífico. Había vuelto la luz.

Cinco

Adela, el químico la seguía llamando tía Adela pese al abandono de Tina, vivía en la Ciudad Jardín, una urbanización de viviendas adosadas construida en los años sesenta. Estaba situada en el extremo del casco viejo de la ciudad, a cuatro manzanas de la iglesia de San Carlos.

—Gracias por venir, hijo, sabía que no eras rencoroso.

¿Lo llamaba para hablar de Tina con la excusa de la gotera? Carlos Híjar la besó. La anciana conservaba los iris vivos, de cristal azul, como su ex mujer.

Pasó al comedor. Olía a guiso de cebolla. Adela los invitaba a comer durante el noviazgo y a los postres, la casualidad se repitió hasta hacerse habitual, la llamaba una amiga por teléfono. Anunciaba que debía salir con urgencia y no volvería hasta las siete de la tarde. Lo recalcaba desde la puerta, a las siete. Allí hacían el amor. El diminuto jardín era frecuentado por las palomas de San Carlos y las de la torre de San Miguel. Tal vez la familia impulsaba el noviazgo porque estaba preocupada por Tina, una muchacha que suspendía sistemáticamente, aunque no cesaba de leer. Citaba de memoria párrafos de *Contrapunto* y otras obras de Huxley. ¿Inmadurez?, ¿rareza? Mejor que hiciera el amor en casa con un muchacho sensato y estudioso, pese a sus arriesgadas aventuras de alpinismo.

—¿Y tú cómo estás, hijo?

—Lesionado, Adela.

—Eres montañero, peores glaciares habrás atravesado.

—No tan resbaladizos.

—Te he hecho tarta de manzana rociada de chocolate. Debo halagarte en estas circunstancias.

Carlos Híjar sonrió. Le agradaba aquella anciana irónica.

—Exacto, es lo que procede. En estas circunstancias te correspondía llamar a Vico, el amante de tu sobrina, para arreglar la gotera.

—No has perdido el humor, pensaba que estarías más afectado.

—Es que bebo.

Adela se rió con ganas y miró el jardín. Un hilo de nailon penetraba por la ventana y colgaba junto al sofá.

—Qué estúpida esta Tina, no ha madurado. Mira que dejar a un tipo con trabajo, dinero, planta y humor...

—Tampoco te pases adulándome.

Adela partió la tarta, le sirvió una porción a Híjar mientras comentaba:

—Te noto cambiado, brillante... —varió el tono de voz y anunció con severidad—: Tengo setenta y cuatro años, no sufras, no pretendo llevarte a la cama.

—Vaya, comenzaba a hacerme ilusiones.

—Ni arreglar vuestro matrimonio. No entiendo la actitud de mi sobrina, pero tampoco la he entendido nunca. No es nuevo. ¿Os llevabais bien?

—La verdad es que sí. Ahí está la gracia. Yo consentía que malcriara a Pablo, aceptaba los cambios mensuales en la decoración del piso y le reía las gracias. Pero de pronto le apeteció enseñar las tetas en el televisor. Un deseo irreprimible.

Adela sirvió el café. Tomó la taza, lo gustó y se quedó observando al químico. La sonrisa chispeaba en el borde de los párpados y en la comisura de los labios. A Híjar, el sabor de la tarta le recordó a Tina. La boca de su mujer, cuando la conoció, sabía igual. Adela miró el jardín y el hilo de nailon del sofá.

—Adela, ¿en realidad tienes una gotera?

—Mira, lo de enseñar los pechos lo entiendo mejor. Tina está en la edad clave —comentó la anciana, como si hablara para sí.

—Yo, aunque reconozco que soy brillante, tengo ciertas limitaciones para la comprensión. —Híjar calló unos segundos. Se le ocurrió una grosería, pero no llegó a expresarla. Recordó que Tina se metió en uno de los tubos de ensayo gigantes del Nórim. Fueron varias veces a aquel bar de moda. Gozaba sintiéndose mirada por la clientela—. El café es excelente, siempre lo hiciste buenísimo.

—¿Ves? La gotera. ¡Desde que los malditos africanos disparan a cualquiera, los profesionales cobran el triple por entrar en el barrio!

Adela señalaba con la mirada una mancha oscura en el techo que descendía por la pared. El rectángulo claro en el muro denotaba la ausencia del cuadro que siempre había presidido el comedor, una copia al óleo de *El invierno* de Brueghel. La mujer advirtió que Híjar reparaba en el hueco del cuadro. Explicó:

—Se lo regalé a una amiga a raíz de la Ley de Armonización de Pensiones. Mi amiga sabe apreciarlo.

—¿No te llega la pensión?

—Hijo, te has vuelto brusco. Vas directo al grano. Es poco... inteligente. Siempre tuviste maneras.

De repente Híjar impuso un tono confidencial, temía que la inestabilidad de Tina afectara a su hijo, a veces lo abrumaba con demostraciones de cariño:

—¿Cómo crees que se lo ha tomado Pablo?

—Lo he visto pocas veces. Tu hijo está bien, pero te añora. Ese publicista que, por cierto, era amigo tuyo...

—Adela, no me jodas más.

—Perdona, hijo... —La anciana meditó y miró el ventanal. Había un revuelo de palomas en el diminuto jardín. Preguntó de improviso—: ¿La quieres?

El químico se la quedó mirando con una sonrisa helada. La herida de su separación estaba amoratada. Supuso una vejación para él, un abandono repentino, como si de pronto Tina hubiera descubierto que odiaba a su marido. Pensó en el culo de Carmen.

—Y yo qué sé —observó también las palomas—. Me dejó humillado, dolido y roto. Una finura de tu sobrina.

—Es buena señal —dictaminó Adela.

—¡Buenísima!

—Hay gente que se queda indiferente y no hay manera de pegar los trozos del matrimonio. En fin, aunque no me arregles la gotera has de saber que te aprecio. Por lo que yo sé, tu hijo te echa en falta. Estos creadores homosexuales son cariñosos, zalameros diría yo, pero un niño necesita un padre recio.

—¿Tú crees que Vico es homosexual?

—¡Hijo, ahora no lo digo por herirte! ¡Era amigo tuyo! Y duelen los ojos nada más verlo.

—Hace a pelo y a lana. Yo nunca estuve seguro de su homosexualidad.

—Vamos a ver, Carlos, que los hombres cuando más maduros más idiotas. ¿Tú te crees que Tina se ha ido por la cama?

Híjar se sirvió otra taza de café. La escuchaba:

—Cuando yo fingía que me llamaba mi amiga Curta y os dejaba solos, Tina salía de esta casa con una sonrisa de geranio.

—¿Cómo son las sonrisas vegetales?

—Satisfechas. Había rozado la cresta de las nubes acostándose contigo. Los montañeros os desenvolvéis bien en la cama, tenéis paciencia hasta llegar a la cumbre.

A Híjar le agradaba aquella mujer, que proseguía con su interpretación de la marcha de Tina:

—Mi sobrina estaba en la edad del último brillo, cuando una empieza a saber que esto es breve. ¡Y más con la Ley de Armonización de Pensiones! A mí, con la crisis, sólo me queda un lujo, ese televisor de treinta pulgadas, y espero que no entren a robarlo los africanos; todo el mundo tiene televisor... Ah, y también me quedan los licores selectos que no se bebió mi marido. ¿Qué te decía? Ah, eso. A los cuarenta y un años una mujer se mira el cuerpo y ve los muslos flácidos, y los pechos que empiezan a colgar, y las patas de gallo en los ojos... La piqueta del tiempo. En ese momento entra Vico por la puerta, le ofrece miradas y deseos anónimos. Le propone que la va a sentar desnudita en el podio del televisor para que todos la miren y se les haga la boca agua. Estas cosas los maricones las hacen bien, entienden a las mujeres. A ellos les pasa lo mismo. Reconocerás que Tina sale muy favorecida...

—¿En el anuncio de los Alternativos o en el del perfume?

—En cualquiera. Queda mejor en el de los vaqueros.

—Con sus gafitas inocentes cuando le desgarra la blusa el violador. ¿También te tragas la publicidad C?

—No me queda otro entretenimiento. En el anuncio no la quiere violar, no seas pervertido, sólo quiere sus pantalones.

—Ah, claro.

La publicidad C, más permisiva, se emitía a partir de la una de la madrugada. El mejor: espot electoral del Partido Demócrata Puro en la C, en el que se entrelazaban las lenguas de dos negros en primer plano con el mensaje «¡Bótalos! ¡Vótanos!», resultó polémico, pero no dejó de emitirse, lo repitieron hasta la saciedad. Fue el único partido que se anunció en la publicidad de madrugada. Los anuncios habían degenerado en miniseries argumentales de cinco minutos que lograban más audiencia que los telediarios.

Adela cruzó las manos bajo la barbilla. A Híjar le recordó el gesto del psicólogo. La anciana aventuró mientras miraba por la ventana:

—Tina estará pensando en volver, pero es orgullosa. No se lo hagas muy humillante.

Híjar contempló los ojos de color claro. Chispeaban como un vino blanco. Se vio a sí mismo como un gimnasta amarrado a la barra fija. Cuando caía desde la posición invertida, el vértigo le disparaba la náusea. Preguntó:

—¿Te lo ha dicho?

La anciana negó con la cabeza.

—Por cierto, Adela, mi mujer me compraba un champú en una herboristería. ¿Sabes en cuál?

Adela volvió a negar. Se oyó un revuelo de palomas en el jardín y la vieja se levantó de la silla. Anochecía.

—Vamos a ver esa gotera —decidió Híjar.

Una hora después, Adela le pasó un viejo chubasquero de su marido. Comenzó a llover mientras estaba en el tejado. Híjar necesitaba tela asfáltica para sellar el canalón, pero provisionalmente cortó la entrada de agua. Al trabajar en una de las vertientes del tejado descubrió el artificio de Adela. En el jardín había dispuesto una caja con tapa, que actuaba de trampilla, accionada por el hilo de nailon. Una paloma se arriesgó a comer en el interior de la caja y la anciana tiró del hilo. Pensó que la Ley de Armonización de Pensiones era poco ecologista. Adela ahogó a la paloma en unos minutos en el lavadero del jardín.

Descendió del tejado bajo una lluvia intensa. Le agradaba el chubasquero antiguo forrado de loneta.

—Mañana traeré tela asfáltica, pero no creo que se pase —comentó Híjar.

—Vas empapado.

—Imposible, este chubasquero es de primera calidad.

—Mi marido era refinado para el piolet, los crampones, chubasqueros y toda la morralla que usáis los montañeros. Llévatelo. ¿Quieres quedarte a cenar? Tengo codornices guisadas.

Híjar se despidió y aceptó el regalo.

No la agravió, fingió tener prisa. Le desagradaba el guiso de paloma. Salió confortablemente protegido por el chubasquero y descubrió los ladrillos que sostenían el coche. ¡La rueda! Anduvo alrededor del coche. Algún cabrón le había robado las dos delanteras mientras él trabajaba en la vertiente contraria del tejado. A aquellas horas, y menos en aquel barrio, no habría ningún taller abierto. Y ningún taller de guardia querría acudir a Quimicox con la noche encima. Se dirigió hacia el Clan, tal vez Canals conociera a algún mecánico de la zona. Si dejaba el coche abandonado los hijos de perra completarían el trabajo con las ruedas traseras. Quizá Carmen aún estuviera en el bar. Llevaba el pelo pegado al cráneo. Corrió hasta llegar a la avenida. No circulaba ningún taxi. En cuanto anochecía, Quimicox quedaba medio desierto. Al fondo, junto a la plaza de la Audiencia, destacaba la silueta iluminada de la Torre Verde coronada por el anagrama de un banco. Se fijó en la valla publicitaria de la esquina: «Suéltala. Whisky Cer2». La mujer desnuda encerrada en la botella aplastaba la boca y un pecho contra el cristal. En la publicidad C, un cerdo mordía el cuello de la botella y liberaba a la muchacha. La imagen se centraba en el borde del vidrio roto. El cuerpo de la modelo, deformado contra el cristal, recobraba una libertad carnal cuando superaba el filo cortante. Los labios aplastados adquirían jugosidad y la masa deforme de los pechos se convertía en dos tetas puntiagudas. El anuncio se detenía cuando comenzaba a liberarse el vello del pubis. Entonces la pantalla quedaba en negro y comenzaba un jadeo apremiante. Qué inteligentes, lo hacían bien. El anuncio avivaba una sexualidad primaria y animal. No pertenecía a la agencia de publicidad de Vico, aquel maricón era incapaz de concebir un espot así. Un grupo de inmigrantes se protegía bajo un plástico junto a la fachada de San Carlos. La tía del anuncio de whisky se parecía a Carmen. Llevaba los pechos de la camarera pegados a la bóveda del cráneo. Notó las piernas mojadas. La lluvia sesgada repiqueteaba en la fachada del Clan.

—Señor Híjar, qué sorpresa. Va usted empapado —lo saludó Canals.

—Llueve para apagar el infierno.

—¡El infierno, qué golpe!

Mientras pedía una caña miró hacia el comedor de arriba y observó las piernas de Carmen desde el ángulo inferior. Intimidad de muslos. Consideró que se producía una mutación en su interior, tal vez se debía a las pastillas. Él nunca había sido jocoso ni brillante. Se encontraba bien, pese a la putada de las ruedas. Tina se había ido con el publicista porque se le acababa la juventud y quería enseñar sus tetas blancas antes de que se marchitaran. Actuaba espontáneamente en los anuncios, como una actriz avezada, simulaba sorpresa y candor. Y resultaba una puta. Le preguntó a Canals:

—¿Sabe si hay algún taller mecánico abierto por aquí?

—¿Ahora?

—¿Y un concesionario de Opel?

—¿Por aquí?

—Déjelo. Me han robado dos ruedas del coche. Espero que acaben su trabajo y desmonten las otras dos.

Canals movía la cabeza. Por la escalera bajaban clientes, tal vez los que iban a comenzar el turno de noche. En la parte de abajo del bar conversaban jóvenes de crestas variadas y camisetas con mensaje: «Okupa tu casa, muerto».

—¡Carmen! —llamó Canals, dirigiéndose al piso de arriba.

—¡Voy! —Y la respuesta sonó con desgarro. A la hora de la cena la camarera perdía los modales. Se asomó por la barandilla.

—¿Qué pasa?

Híjar vio los pómulos brillantes y la mirada distante de la mujer.

—Al señor le han robado dos ruedas. ¿Tu hermano conoce algún taller que esté abierto o que quiera hacer un favor?

—Ah, perdón. No lo había reconocido.

Bajó la mujer de las horas de comer, con su frialdad educada. Se había desmaquillado y parecía más joven. Y salvaje.

—Quizá el Tigras conozca a alguien que esté dispuesto a hacerle un trabajo. ¿Me pasa el teléfono, por favor?

Oyeron su breve llamada:

—¿Zuri? ¿Conoces algún taller mecánico que esté abierto...? Ya lo sé. ¿Está el Tigras contigo...? Vaya. ¿Sabes si pasará por el Clan? Vale. —Carmen colgó y se dirigió a Híjar—: Lo siento. Quien podía solucionarlo está trabajando. —De repente varió el tono, introdujo un matiz de descaro y preguntó—: ¿Puedo ayudarlo?

Canals sirvió a los clientes de una mesa. Híjar dudó:

—¿Vendría un taxi hasta aquí? Puedo llamar a la planta para que me envíen un coche, pero prefiero no molestar.

—Seguro.

Carmen cogió de nuevo el teléfono y llamó. Al parecer, surgían dificultades, porque Carmen reiteró:

—¡Mierda, claro que te dará un plus, ya te lo he dicho!

La camarera escondía dos personalidades. Con gesto sumiso le aclaró a Híjar:

—Vendrá dentro de unos minutos. Quizá convenga gratificarlo... Triplican la tarifa por entrar en el barrio de noche.

El químico asintió. Le gustaba la boca. Un bulbo rojo se desperezaba en su cerebro. Ofreció:

—¿Quieres tomar algo?

—Bien. Llevo ocho horas ahí arriba. Acabo dentro de diez minutos. Un gin tonic.

La mujer volvió a subir. Híjar pidió la bebida y esperó. Cuando ella bajaba de nuevo sonó el claxon.

—Tu cubata —señaló el químico.

Volvió a sonar la bocina, esta vez con insistencia.

—Tu taxi —dijo ella.

Lo tuteó. Híjar dudaba, lo estaba provocando, jugaba con él. Le faltó decisión para abordarla. El químico salió y subió al taxi.

Seis

La cualidad salina del cielo, un latido de mar, anunciaba la lluvia. Oliveira estaba contrariado por la orden de anular el turno de noche que le habían impuesto. Llegó a Residencial Augusta a las seis de la tarde con un poderoso deseo. Necesitaba romper la mesura porque todo su cuerpo, como una madera reseca, presentía la inminencia de la lluvia. Cuando volvió a España, después de una estancia breve en la factoría belga, compró una vivienda en construcción que unía dos pisos de una planta. El segundo piso, al que se accedía a través de una puerta blindada, albergaba la colección de pintura. Con su intuición para adquirir lienzos conseguía mayor rentabilidad que invirtiendo en bolsa. Sin embargo pospuso la visita a la colección.

Se dejó llevar por el tirón de las vías subcorticales. Hacía siete meses que no había infringido el régimen ni cometido un exceso. Una vida con alimentación, deporte y horarios programados iba a estallar durante una noche. Heno y sal cruda en las fosas nasales.

El exceso, cuando aún faltaban ocho meses para la operación, no la pondría en peligro. El siguiente verano tenía previsto un trasplante de células beta. Costa le había asegurado que empezarían a verse resultados. Lo intervendrían en Minnesota, donde conoció a Costa, un endocrinólogo brillante. Y fascista. El médico dedicaba a su radicalismo, adornado con múltiples lecturas, la mitad de su fervor y capacidad, que eran ilimitados.

Si por primera vez desde los siete años las células beta segregaran insulina... Poseía una fortuna en acciones y en pintura, sin embargo permanecía encarcelado en el nicho de su enfermedad, a la que jamás se acostumbraría pese al método estricto con que la sobrellevaba.

Y hoy lo iba a romper, advertía el ansia de lluvia en los senos frontales, un recuerdo atávico que lo trasladaba a la infancia en Isla. Se emborracharía a conciencia, como su padre, un pescador que trabajaba en la lonja desde que le amputaron el pie a causa de una gangrena. La diabetes se alimentaba. Su padre se embriagaba con licores de garrafa todos los días de lluvia, que en Isla eran muchos, indiferente ante las protestas de la madre. Un zócalo de gritos, reproches e impotencia que poblaba la casa. La ventana de la cocina, pintada de azul, se abría al temporal. Murió a los cuarenta y nueve años, cuando le prometían la amputación de la pierna a la altura de la cadera.

Oliveira se pinchó con la lanceta, conectó el minilaboratorio y solicitó un análisis integral. Los niveles de fructosamina y hemoglobina glicosilada evindenciaban el buen estado. De repente sonó el teléfono y lo sorprendió la voz apática de Costa:

—¿Oliveira? ¿Cómo está mi paciente preferido?

El psicólogo, extrañado por la coincidencia, calló durante unos segundos. Reaccionó y preguntó:

—¿Existe la telepatía? Hace unos minutos pensé en ti.

—¿Y ese honor?

—Acabo de analizarme.

—¿No estarás preocupado? Producirás insulina este verano, querido, te lo aseguro. El porcentaje de éxito supera el ochenta y nueve por ciento. Además observo que llevas el horario de trabajo que te recomendé, siete u ocho horas matinales. Jamás debes trabajar por la noche.

—Me agrada tu optimismo. La analítica es perfecta pero a veces necesito tu confirmación técnica —aseguró Oliveira.

—¿Estás seguro? ¿No te sobras y te bastas? —Costa se echó a reír, una risa floja y cautelosa—. Pienso que tienes los mismos conocimientos sobre tu enfermedad que yo mismo.

—Es mutuo, Costa. Yo también considero que posees mi nivel en psicología conductual, aunque no seas titular de la cátedra. —Oliveira receló. El tono jovial del médico parecía impostado.

Costa volvió a reír. Añadió:

—Por cierto, sé que no has influido, pero Coxa actúa con inteligencia. ¿Conoces el tema?

—Ah, lo supongo, aunque oficialmente nadie me ha dicho nada. —El psicólogo se tranquilizó. Costa pretendía, como siempre, involucrarlo en sus maquinaciones políticas—. Sé que tres consejeros alemanes de Coxa viajaron a España y no pisaron la planta que dirijo. ¿Venían de vacaciones? Tengo una hipótesis sobre la misión que pudieron realizar en España antes y después de las elecciones.

—¡Hipótesis! —Costa soltó una carcajada afectada—. ¡Sigues igual, querido, tan burlón como siempre! Sin embargo, el PDP puede introducir racionalidad en algunos aspectos de nuestra vida política, créeme. —El médico hizo una pausa. Tanteaba con prevención—. El concepto de democracia, tan abierto, contiene larvas de putrefacción, deberías pensar sobre este asunto... Hazlo, hombre, con tu sutileza habitual. Aunque el ascenso del Partido Puro es fruto del voto democrático, como bien sabes. Los ciudadanos piden a voces una mano vigorosa que corrija los excesos, observa los resultados de las elecciones. Perdona, ya sé que no te gustan los temas sociales. Lo tuyo es el individuo y su conducta. —Oliveira volvió a oír la risa nasal del médico—. No te interesa el componente social, ¿no es cierto?

—Correcto, me interesa como condicionante de las reacciones personales. El individuo piensa libre y solo. —Oliveira se mostró tajante, no debía inmiscuirse en las manipulaciones políticas de su empresa. Quizá su comentario había sido rudo, por eso lo atemperó con una frase aduladora—: Si te comprometes demasiado, amigo Costa, perderás tu libertad.

—¡La libertad! Eres un extraño dinosaurio, Oliveira, y no por tu páncreas, nada de eso, sino por tu individualismo, un rarísimo Stuart Mill. En fin, te decía que tu empresa actúa con astucia e impulsa nuevas corrientes. Hay situaciones que resultan insostenibles, sin más, y se deben cortar de raíz... —Se detuvo. Modulaba su entusiasmo. Sin embargo se atrevió con una frase radical—: Amputar para salvar, un principio médico, querido amigo. Espero que sepas entenderlo, llegan nuevos tiempos, nuevos métodos... —Hizo una pausa. ¿Quería proponerle algo?—. El Partido Demócrata Puro se perfila como ganador en futuras elecciones y ciertos consejeros de Coxa son inteligentes. Tan inteligentes como arriesgados diría yo...

—Costa, sabes que de mi empresa sólo me interesa el dinero que me paga.

—Serías un individuo valioso para otras causas. Individuo, querido. Se precisan individuos para purificar las aguas fétidas de la masa. Tú conoces bien la psicología de los mandos militares, y hay una minoría interesada en ayudar. Pero no insisto...

Costa se despidió. Oliveira consideró que en las palabras del médico latía una amenaza velada: «Espero que sepas entenderlo...». ¿Qué se proponía? Costa ejercía de ideólogo del PDP. El psicólogo sabía que sus conocimientos conductuales fascinaban al médico, sobre todo el curso que impartió a los mandos militares del ejército de USA. En una ocasión Costa le pidió que realizara un estudio de su rostro, grabado cuando pronunciaba una conferencia, y Oliveira le mintió. Resaltó los aspectos positivos, los que quería oír el médico. Costa se sentiría pagado si abrazara su ideología.

Oliveira corrió en la banda de tracción por segunda vez. Realizaba los ejercicios a las siete de la mañana, después del desayuno. Notó el adormecimiento de los labios y la lengua, estaba al borde de la hipoglucemia. Antes de sentarse frente al ventanal, se inyectó una mezcla de insulina rápida y retardada. Tenía el cuerpo preparado para soportar el alcohol.

Tomó el primer vaso de whisky Lagavulin. Su padre nunca probó un destilado de alta calidad, excepto cuando pescó en su juventud con un patrón sibarita en aguas de Terranova. Entonces se aficionó a los licores. La cabeza le estallaba, pero el alcohol alcanzaba el torrente sanguíneo con celeridad: la tirantez de los músculos del cuello y la mariposa de sombra que aleteaba bajo los párpados desaparecieron. Recordó la frase de Costa sobre el componente social. ¿A quién le interesan los otros? ¡Los otros, una excusa de mierda! ¿Quién se interesó por él, un adolescente limitado por su enfermedad? Saboreó el viejo rencor, un sentimiento que tapizaba los recuerdos juveniles. Los otros no tenían prohibidos los excesos ni la bebida ni controlaban su horario... Y él siempre tuvo que vivir con imposiciones, con los límites de su cuerpo enfermo. En aquella época se encerró en el domicilio, en Isla, y se dedicó al estudio. Sólo mucho tiempo después comenzó a valorar el asombro que provocaban su inteligencia y sus conocimientos. Le desagradaba el recuerdo de la adolescencia.

Comenzó a llover. No entendía la orden de anular el turno de noche. Aquella decisión le competía exclusivamente, pero se la impusieron por teléfono desde Bélgica aduciendo extrañas razones. Tampoco tenía sentido la fecha justo a mitad de la semana, sin apenas tiempo para avisar a la plantilla. ¿Qué insinuaba Costa?

Tenía que olvidarse de la planta. Miró la cortina de agua, que caía sobre los árboles del patio interior de la urbanización, y sintió en la espalda la voluptuosidad del mar. Se tomó un segundo vaso mientras las copas de los árboles se empapaban. Llovía sobre su páncreas y sobre su infancia. Los vigilantes de la urbanización se cobijaban en los espacios porticados que daban a Las Damas y a Sagasta.

Quizá el falso vitalismo de Híjar le había influido para romper el método. Su compañero de mesa había afrontado la ruptura matrimonial a base de fluoxetina y alprazolam regados con alcohol, un optimismo químico. Híjar podía llegar a ser un amigo, tenían temperamentos parecidos. Bebió otro sorbo y desechó la idea. Le repugnaban los conceptos blancos: Dios, la amistad, el amor... Mitos fabricados por la necesidad, el asombro o el miedo. Podía diseccionar la personalidad de cualquiera, como un forense analiza un cadáver, la psicología llegaría a ser una ciencia empírica, pero nunca se abandonaría al otro... Estaba incapacitado para aquel juego ilusorio que llamaban amistad.

El whisky lo trasladó a la profunda marea del Cantábrico. Oía llover y una esfera de agua golpeaba los farallones. Cuando llegó la noche de entrañas húmedas se sintió borracho y feliz. El síndrome de Dios, se dijo. Ni la conciencia crepuscular guardaba memoria de la muerte, el vendaval del alcohol lo impulsaba por el labio de la risa. Abrió la puerta blindada que conducía a su colección y se dirigió a la *Crucifixión* de Bacon.

—¿Cómo estás, viejo? ¡Cuánto sabías!

Bebió a gollete de la botella y saludó a un Wesselmann y a un Bonnard. Los almendros florecían en la ampolla azul del cielo. Miró el estallido de un Hockney y se dirigió a su desnudo preferido, *Muchacha*, de Lucian Freud. El cuadro olía a humo de whisky, una sexualidad que le punzaba en las ingles.

Cuando volvió al ventanal la lluvia en Isla pulía el mar. Se notó la lengua gorda, un músculo resbaladizo como un sapo que se inflamaba en la cavidad bucal. Carne entre carne. Podía llamar a la agencia de sexualidad, pero desechó la idea. Nadie debía verlo en aquel estado. Pensó en Híjar, la camarera se le ofrecería forzada por la necesidad: la hemodiálisis del padre resulta carísima para la familia. Recordó al hermano de la camarera, Jaime Zuriabeitia, un muchacho entusiasta y apasionado que a duras penas soportaba la carga de idealismo que él mismo se había impuesto, aunque como líder sindical actuaba con pragmatismo. Las consignas de Zuriabeitia eran acatadas por la minoría magrebí que trabajaba en la factoría. Por eso era necesario despedirlo.

Resbaló la lengua fuera de la boca. Le daban ganas de caminar desnudo por la playa de las rocas negras. Volvió a sentirse inmortal, ebrio de juventud. Mariscaba en la playa, abierta como una mujer vencida. Estaba borracho.

De pronto se fue la luz. Oliveira salió a la terraza forzado por unas ganas intensas de orinar. Meó largamente sobre los árboles y sobre los guardias de seguridad mientras se reía a carcajadas. No calculó el tiempo que estuvo allí empapándose de lluvia. Cuando vino la luz reaccionó y se acordó de la planta. Se concentró, podía inhibir el efecto del alcohol durante un corto tiempo.

—¿Seguridad? El director. ¿Cómo está todo, señor Ejalde? —Le gustaba llamar a los empleados por su nombre, se sentían premiados y aumentaban el servilismo y la eficacia.

—Todo en orden, señor director. Se conectó el generador central cuando se interrumpió la corriente en el barrio. Al parecer ha habido un apagón en varios distritos de la ciudad. Ahora el generador se ha desconectado.

—Correcto. —Y colgó.

Oliveira se reía ante el espejo. Confusamente se percataba del descontrol de la lengua y de la alteración de los reflejos primarios. Volvió a beber y se dejó llevar por la sensación de euforia que sobrevino tras la desconexión de las vías corticales. Era un animal borracho y feliz, sin capacidad de razonamiento general.

Se durmió en el sofá. Soñó que caía de un escarpe y se abría el mentón.

Siete

El Tigras comenzó a inquietarse aquel jueves, 27 de octubre. A las seis de la tarde seguía lloviendo a chorros y el Huerva bajaba crecido. Conectó el televisor de veinte pulgadas y el minitelevisor portátil que le regaló a Rubén cuando se rompió la pierna. A ver qué decían los del tiempo.

—Tato, la moto.

—¡Llueve, es imposible! ¿Es que no lo oyes?

—¡Hala!

El Besos andaba con el muermo. De nuevo le tendría que meter un tranquilizante que lo dejaba grogui, se pasaba el día sobando.

—¿Una vuelta con la moto? —suplicó Rubén.

Arturo Yesa lo sacaba todos los días a dar un garbeo. Le colocaba el casco y lo amarraba a su espalda mediante una cazadora provista de correas que se abrochaban a la altura del pecho. Formaban un solo conductor. El Besos no basculaba en sincronía con la moto y desequilibraba la máquina. Caminaban por el parque Bruil, a veces paseaban de la mano por las avenidas del centro o se sentaban durante un par de horas en la terraza del Donat, en la plaza de Santa Cruz. El Tigras, imitando la actitud de su padre con el Besos, se había acostumbrado a saborear la paz animal del tiempo muerto. A veces se veía desfilando en una pasarela, indiferente a los flashes de los fotógrafos. Rubén bebía limonada con la vista perdida, como si fuera un viejo que se come el tarro con los asuntos de la vida. Tenía dos años más que el Tigras y había nacido mongólico.

Cuando vivía el padre se apañaban bien. El taller mecánico, especializado en motos, producía ganancias. El padre dejó cinco kilos en el banco. Ahorraba para que un día, si él faltaba, cuidaran al Besos. Y faltó. Lo dejó tieso un infarto mientras dormía. El Tigras afrontó la situación. Le caía el marrón encima, aunque aquella carne sin luces le pertenecía como una entraña. Las asistentas sociales pretendían internar al Besos en un centro para subnormales, una perrera de aspecto guapo, pero con rejas. Por eso abandonaron la vivienda, un piso de las manzanas nuevas, hoy pintarrajeadas, y se trasladaron al taller.

El padre había abierto una puerta estrecha al final del foso, que daba al Huerva, para cumplir la normativa contra incendios. El Tigras tapió la entrada principal del taller de la calle Riera. Robó una hormigonera y selló el espacio entre la persiana metálica y la puerta corredera. Las asistentas sociales no dieron con ellos.

Salió fuera y observó. El río se hinchaba como un gato ahogado, nunca lo había visto así. Le faltaban dos palmos para llegar a la puerta, aunque para inundar el taller tenía que rebasar el metro ochenta del foso. Aún le quedaba la torre, un descubrimiento de su infancia. A cien metros de la entrada trasera del taller, oculto por la maleza y dos olmos jóvenes de la ribera, existía un pasadizo que conducía a la torre abandonada de San Miguel. Los antiguos debían de andar siempre jodiéndose y construían con precaución, con doble entrada por si la cosa se ponía chunga. El segundo acceso a la torre, procedente de alguna iglesia derrumbada, estaba sepultado por toneladas de escombros. Cuando tuvo que ocultar al Besos de las garras de la beneficencia caviló que si descubrían el taller vivirían en la torre.

El Tigras clavó una rama a ras de la corriente del río para controlar la crecida. Los del tiempo, ya por la mañana, hablaban de alerta roja mientras ponían imágenes de inundaciones. El cielo, abierto en canal, se desangraba. Y al Besos le rugía el muermo, lo conocía bien.

—¡Tato!

—¡No puede ser! ¿No oyes cómo llueve, imbécil?

El Besos negaba con la cabeza. Se acercó a su hermano y lo abrazó. Arturo Yesa notó la fuerza de Rubén, lo estrujaba. Tendría que medicarlo. Intentó entretenerlo ofreciéndole el Simulator F26. Un riesgo, porque el Besos se enganchaba a los programas de matanzas y se le alteraba la vena.

—¿Quieres jugar un rato con el Simulator?

—¿Me dejas?

—Pero sólo un rato. Y porque llueve.

—¿Un rato?

—Eso es. Mañana se lo devolveré al Zuri.

El Zuri, que trabajaba de machaca en la cadena de envasado de Coxa, fue quien le enseñó a navegar por Internet. Un manitas para el ordenador que andaba chafado en la fábrica, sólo curraba en lo suyo, la electrónica, a ratos en una bodega abandonada. Ahora lo echaban a la puta calle, le tocaba tragarse la china de los despidos rotativos. Al menos, según decía él, jugaba en la ruleta del empleo. Los que estaban fuera de la ruleta lo tenían crudo: limpiar retretes, cuidar niños o proteger las espaldas de los apalancados. Fregona o segurata, los únicos empleos que ofrecían las agencias. Vaya cirio.

Enchufó el ordenador y apretó la clave. Simulator F26. Combate selectivo urbano. Era sorprendente la habilidad del Besos para el ordenata. Desde la cabina del avión divisó la ciudad. Zum de acercamiento. El Besos comenzó a emitir sonidos guturales, el zumbido de un motor. Sobrevolaba una avenida, el vértigo en la boca del estómago, mientras los sensores de riesgo destellaban. Comenzó el bombardeo y el Besos se excitaba, tuvo que coger altura para evitar el fuego antiaéreo. Rubén babeaba y golpeaba las teclas. Los bombardeos lo ponían como una moto.

El Tigras observó una imagen de inundaciones en el televisor. Los riesgos persistirían toda la noche del 27 de octubre y durante la madrugada del 28. En el piso de las manzanas pintarrajeadas tampoco correrían peligro aunque el Huerva se saliera de madre, era un tercero. Estaba ocupado, pero se podrían meter hasta que pasara el temporal. Lo visitó una vez, el día en que cumplió los dieciocho. Tenía la edad legal y nadie le podía quitar la custodia de su hermano. Vivían dos tíos y una joven de buen cuerpo, le parecieron pijos de mierda. Encontró la puerta abierta, entró y notó el subidón de los recuerdos. Su madre tenía las uñas cuidadas, con medias lunas de nácar, aunque no conseguía evocar su rostro.

—¿Buscas a alguien? —le preguntó la joven desde el baño.

—Soy el dueño de este piso.

—Déjate de bromas, colega. Ya nos da bastantes sofocos la pasma.

La cogió de la muñeca y la atrajo hacia sí.

—Este piso es mío, tía. Había fotos, una foto de mi madre con un marco verde, otra de un hombre con bigote, mi padre, y varias de un anormal gordo.

—Alucino, colega... ¡Es verdad! ¿Tienes escritura?

—Olvida los papeles. Quiero las fotos.

—Por supuesto, las tenemos en un baúl, somos legales... ¿Te tomas algo con nosotros y hablamos? Podríamos pagarte un pequeño alquiler si nos arreglamos.

Cuando salía con el baúl le advirtió:

—Cuídamelo. Si destrozáis este piso le prenderé fuego con vosotros dentro.

Pero ya se habían acostumbrado al taller. El Besos necesitaba espacio y podía pasear por la ribera sin miedo a los coches. Lo dejaba caminar hasta la desembocadura de las cloacas de Coxa, donde el río se volvía una meada caliente y la ribera se convertía en un cementerio de troncos. Cuando los verdes organizaron la macromanifestación, con conciertos y toda la pesca, los de arriba largaron con boquita de plata, dijeron que se solucionaría el problema de los vertidos. Pero todo seguía igual.

El Besos, con los párpados entornados y la boca abierta, golpeaba el teclado, lo iba a destrozar. El Tigras apagó el ordenador y Rubén lo abrazó, le apretaba el cuello. Podía asfixiarlo. Arturo Yesa miró la expresión cerril del rostro de su hermano, a unos centímetros de su cara, y sintió la quemadura del odio. A duras penas consiguió apresar los dedos engarfiados de Rubén. Le vino a la boca, como una mala digestión, el recuerdo de los golpes que le propinó el Besos durante la infancia. Golpes que nunca había que devolver. Le dobló los dedos con saña y Rubén aflojó la pinza. Mantenía apresados los dedos medios de ambas manos y los apalancó lentamente hacia atrás, en sentido contrario a las articulaciones. El Besos se hincó de rodillas con una mueca de dolor. Aún parecía más subnormal. El cabrón no gritaría ni llamaría a su padre pidiendo ayuda. El Tigras, de pie, seguía forzando la palanca mientras observaba cómo nacían las lágrimas en los ojos de su hermano. Si aquel animal que se retorcía de dolor no existiera, él estaría libre. Oyó un crujido y le soltó los dedos. Rubén continuó arrodillado en el suelo, quejumbroso. Al cabo de un rato dijo:

—Tato.

—¡Qué!

—Tato...

—¡Qué quieres ahora! ¿Quieres un programa de tías?

—¡Que follen como la Vibo!

—Claro, que follen sin parar.

—¡Y fumar!

—¡Después! ¿Te enteras! ¡Después, cuando cenes algo fumarás!

El Tigras cogió una lata de refresco del frigorífico, echó un tranquilizante y bebió un sorbo. El Besos movía los dedos, no llevaba nada roto.

—¿Qué bebes, tato?

—Naranja. Tengo sed.

—Y yo.

Arturo Yesa le dio la lata de refresco y él se cogió otra. El Besos se pasaría la noche sobando, aquellas pastillas dejaban zumbado a un dinosaurio. Podía parar de llover de una puta vez.

Ocho

Carlos Híjar miró el río desde su despacho. Oscurecía. La cresta de los chopos asomaba a intervalos entre los edificios. Se pasó la mano por el pelo, había desaparecido la grasa con el nuevo champú. Podía largarse de la planta pero Carmen no terminaba en el restaurante hasta las nueve. La lluvia tendía un velo sobre el Huerva. Más allá de la torre de San Miguel, una torre cuadrada de labores de ladrillo, desaparecía la franja de vegetación. Los vertidos de la factoría actuaban como un poderoso herbicida sobre la ribera. Gracias a que el Huerva desaguaba a menos de dos kilómetros en el Iboa, y el caudal diluía las concentraciones letales de benceno y fenoles.

Tarareó una canción, en el gel de su conciencia bullía la euforia. Carmen se le había insinuado el día anterior con toda frescura. Su optimismo se podía deber a la posibilidad de acostarse con la camarera o al fogonazo de la felicidad química. Qué importaba. Volvía a encontrarse bien, alejado de la obsesión del autómata que taladraba sus noches. Adela lo había definido como brillante. En algo tenía razón la anciana: tal y como estaba el patio él cobraba una nómina envidiable, tenía planta y humor. Y, sobre todo, había desaparecido de su cabeza el gimnasta de la barra fija, un juguete infantil. Tres noches después de que se largara Tina con el niño le asaltó de madrugada aquel recuerdo absurdo. El gimnasta tenía las manos pegadas a una barra accionada por un resorte. El resorte giraba de repente y volteaba, como una campana, al muñeco. Sentía el vértigo de la caída. Miles de veces, el gimnasta instalado en la espiral del insomnio repetía la pirueta. Un pozo en el estómago.

Aquella mañana se había levantado con una erección juvenil y ni siquiera maldijo la fotografía de Tina que seguía en la mesilla de noche. Comienzas a sudármela, amor. Resultaba interesante la teoría de tía Adela: la juventud se le escapaba y jugó a ser la tarta de la pantalla, una mujer de chocolate con las tetas de nata: chupádmelas.

Y Carmen, ¿veintitrés, veintiséis años?, meneaba el culo a su alrededor. ¿Qué pretende una tía que te dice que la invites a un cubata? Volvió a tararear la canción: «When a man loves a woman». ¡Exacto! De pronto surgió el destello, esa era la canción que se agazapaba en el umbral de la memoria. Una discoteca en un pueblo del Pirineo después de una escalada, tal vez quince años, o diecisiete todo lo más. La chica también había viajado en el canfranero, la descubrió de madrugada en la estación. Bailó esa canción con la muchacha rubia, usaba el mismo perfume que Carmen. Aroma de madera. ¡Había tarareado la canción todo el día! Su inconsciente caminaba por delante, cuando un hombre ama a una mujer. En año y medio que llevaba sirviéndole la comida Carmen se había enamorado de él. No, tampoco había que ser ingenuo. Dijéramos que no le resultaba indiferente un tipo bien conservado con nómina abultada.

Carlos Híjar fue al baño de directivos y se rió de sí mismo frente al espejo. Había avisado a una empresa de limpieza para que le adecentara el piso, el coche estaba arreglado y se miraba el pelo lustroso. Le dolía reconocer que lo embargaba un sentimiento igual al que impulsó a

Tina: sentirse deseado. Varones anónimos guardarán la imagen de las tetas de su ex en la memoria, chupádselas. Sin previo aviso, dejándolo tirado como un trapo. Una zorra.

No debía pensar en Tina. «When a man loves a woman.» Le agradaba la idea de estar al lado de Carmen, de sentirse vagamente enamorado de una mujer joven con una boca carnívora. Los tacones de aguja.

Consultó en el ordenador el estado de la planta de fermentación, funcionaba correctamente. Oliveira le comentó durante la comida que la decisión de suprimir el turno de noche le vino impuesta desde Bélgica. Era una decisión extraña, aunque a él le aliviaba el trabajo. El psicólogo fue tres veces al baño con el glucómetro, alguna variable de su enfermedad se había disparado. Su trato, habitualmente distante con el servicio, rozó la grosería.

Decidió pasar por casa de Adela para hacer tiempo. Había comprado la tela asfáltica pero, con la lluvia, no podía subir al tejado. Híjar aparcó frente al ventanal del comedor. En la calle desierta brillaban los islotes de luz de las farolas perforados por el agua.

—No te esperaba. —Adela notó el germen de vitalismo en el químico—. Entra, por Dios, antes de que nos arrastren las olas.

—¿Se pasa la gotera?

—Para nada. Afortunadamente guardo la tarta que sobró.

—No tengo mucho apetito. Pero si no se pasa la gotera, tendré que cobrar. Dejo aquí la tela asfáltica y la candileja.

La anciana desplegó un mantel de hilo sobre la mesa y dispuso dos platos de postre. Híjar, con la intención de ayudarla, abrió el frigorífico. A excepción de un tetrabrik de leche y el trozo de tarta, la nevera estaba vacía. Percibió la nota agria en la exclamación de la anciana:

—¡No te molestes!

Híjar cerró el frigorífico apresuradamente. Adela ralentizó sus movimientos. Le molestaba que descubrieran sus estrecheces, aunque fueran evidentes. Pensó en los licores de marca, una manera pueril de resarcirse. Propuso:

—Si no tienes apetito tomarás un whisky o un coñac. ¿Cuál quieres?

El químico no se atrevió a negarse. Existía un poso amargo en la voz de la mujer.

—Lo que tú prefieras, Adela.

—¿Glenlivet, Macallan? Son licores selectos, mi esposo, otro montañero, cuando dejó los cortados se aficionó a los licores. —Híjar la vio sentarse con un gesto altivo. Inopinadamente Adela añadió—: Déjame la porción de tarta para mí. Con la lluvia no han venido las malditas palomas. Como sabes, me dedico a la caza...

Carlos Híjar buscó un comentario oportuno, pero ella lo cortó:

—No me ofrezcas dinero, por favor. Si lo necesito te lo pediré. —Hizo una pausa y se oyó el repiqueteo de la lluvia en la acera—. ¿Y si te acompañara con otro sorbo de Macallan?

—Perfecto, señora. —La sonrisa de Híjar alivió la tensión.

—Cierra usted muy bien las goteras —aseguró Adela siguiéndole el juego. La incomodidad desaparecía.

—Procuro realizar bien mi trabajo.

La vieja lo miraba. Le brillaron los ojos. Preguntó:

—¿Se ha fijado usted en alguna joven? Perdone la indiscreción, lo encuentro juvenil.

Al químico le divertía la intuición de Adela.

—Será el chubasquero que me regaló.

—Lo digo por su señora. Lo puede tener muy difícil. Porque pienso que ahora se encontrará en el dilema. Ha gustado las mieles de las miradas, y eso embriaga. Puede intentar seguir adelante, pero a los cuarenta y un años las arrugas comienzan a pasar factura. Si sigue en el mundillo de la publicidad se quemará a lo bonzo. Si, por un casual, decidiera volver con usted, ¿se lo pondría fácil?

Híjar la observó. ¿Le enviaba un mensaje? Vigiló el coche a través de la ventana. Un culo firme y excitante. No quería pensar en su matrimonio.

—Y yo qué sé, tía Adela... Igual tú, con la edad, has aprendido a digerir la chatarra del alma. Pero a mí me cuesta, qué quieres que te diga. No soporto las digestiones pesadas.

La vieja bebió un sorbito de Macallan y admitió:

—Claro.

El químico se despidió y ella lo acompañó hasta la puerta. Desde el coche, con el cristal bajado, Híjar explicó:

—Señora, como sabe, ahora unos viven y otros miran. A mí me cayeron los dados pares y a usted nones. Cobro un buen sueldo...

—Lo sé. Puedo aguantar todavía. Tengo un televisor gigante que alimenta bastante. —Adela congeló la sonrisa durante unos segundos y añadió—: Te parecerá vergonzoso pero voté al PDP, es imposible que lo hagan peor que los anteriores. Quizá quiten esa maldita ley de las pensiones o, al menos, echen a los africanos y pueda volver a pasear por el barrio sin miedo a que me peguen un tiro desde el tejado.

Híjar arrancó suavemente. Circuló por el barrio desierto, sorteó el casco viejo y salió a la plaza de la Audiencia. El vetusto palacio de la Audiencia, con sus torreones gemelos, contrastaba con el tapiz de cristal de la Torre Verde. Tomó la avenida y aparcó a la puerta del Clan. Carteles reblandecidos por la lluvia, como enormes pieles muertas, se despegaban de las fachadas: «¡Bótalos! ¡Vótanos!».

—Señor Híjar, ¿de nuevo por aquí? —lo saludó Canals.

El químico descubrió a Carmen apoyada en la barandilla de las escaleras. Lo miraba con una actitud provocativa, demasiado notoria. Era una mujer extraña.

—¿Qué le pongo? ¿Cerveza de importación? —preguntaba Canals.

—Póngmanos dos cubatas —dijo ella.

Canals atemperó:

—¿Le parece bien?

Él asintió.

—Disculpe, señor Híjar, ¿le podría hacer una pregunta? —Canals proseguía con su servilismo dulzón—. ¿Cuánto durará la supresión del turno de noche?

—Espero que poco tiempo.

—Es... No sé. Lo digo por suprimir las cenas, ya sabe. Nos ha cogido por sorpresa esta decisión de su empresa.

En el bar conversaban cinco jóvenes, probablemente de la barriada invadida. Canals cambió el nombre del establecimiento cuando comenzaron las ocupaciones de las viviendas deshabitadas. Numerosas familias se mudaron de barrio, alarmadas por un informe publicado en varios periódicos que señalaba el aumento de cáncer de laringe entre los habitantes de Quimicox. Algunos de los okupas que invadieron el barrio tomaban ginebra de marca y cerveza de importación, pese a su aspecto de vagabundos. El propietario del bar desatendió a la clientela tecnicolor al aumentar las ganancias del restaurante.

Carmen bajó y se acomodó en el taburete, junto a Híjar. Olía a madera y a guiso. La joven, que usaba una falda larga, abrió las piernas para sentarse frente a él. Las rodillas de Híjar rozaban la parte interna de los muslos femeninos. Ella parecía cómoda en aquella postura sensual. El químico sintió el tibio mareo en las sienes. Carmen probó la bebida y lo miró interrogante. Opinó cuando Canals estaba limpiando las mesas:

—Es desconsiderado contigo. Te pone ginebra de garrafa con descaro. Oliveira ya habría montado la bronca.

Híjar se sintió dolido, un pinchazo en el tímpano. Desde que se largó su mujer no soportaba las vejaciones femeninas, cualquier humillación rompía la membrana protectora. Y ella olía a guiso. Soltó sin mesura:

—Me tocan las narices las ginebras de garrafa, los gustos de Oliveira y las calientapollas como tú.

Cuando Canals volvió a la barra, Híjar le ordenó con voz desabrida:

—Cóbrese.

Carmen calculó que su estrategia fracasaba. Había intentado congraciarse y en cambio le había pisado el orgullo, debía andar con tiento. Se tragó la altanería. Aquel tipo, como todos los que se sientan en las poltronas de mando, iba de prepotente. Pensó en resolver la situación con un movimiento osado. Le propuso a Híjar mientras su tío estaba de espaldas:

—Invítame a cenar.

Híjar miró los pómulos pronunciados y el pétalo carnoso de la boca. Aceptó con un gesto pero cargó de burla despectiva la sonrisa. Ella precisó a media voz:

—Dentro de media hora estaré en tu coche.

Nueve

Oliveira pensó llamar a Saint Paul a las cuatro de la tarde, pero decidió esperar un par de horas para que en la clínica de Minnesota fuera mediodía. Lo alarmaba el nivel de proteínas y urea en la sangre y deseaba contrastar los resultados de su laboratorio portátil. Envió un mensajero con su orina y una ampolla de sangre a la clínica Pímar. Dos horas más tarde comprobó que los resultados corroboraban los de su miniequipo. El exceso del día anterior provocaba una anomalía en el metabolismo. Comenzó a orinar en un recipiente para calibrar los volúmenes expulsados. Blasfemó en voz alta. Nadie lo oía en el despacho de dirección. ¿Quién era el consejero belga para comunicarle la supresión del turno de noche que había decidido la dirección alemana? Aquella decisión precipitada resultaba inexplicable se la comunicaban el 26 para hacerla efectiva el 27 de octubre. La caída de resultados en la línea de cosméticos no era imputable al ritmo productivo de la planta española. Estaban tomando decisiones que lesionaban sus intereses. Llamó al gabinete italiano, formado por dos abogados aficionados a la pintura contemporánea con quienes trabó amistad cuando ejerció en Milán. Le aseguraron que su contrato preveía la eventualidad y debían indemnizarlo.

El motor comenzaba a rodar fuera de sus dominios. Suponía que Coxa había financiado al PDP: no viajan tres consejeros fortuitamente a España, aunque carecía de pruebas. Volvió a maldecir. Cerró el despacho y regresó a casa, necesitaba relajarse. Las tasas de proteínas ponían en peligro el trasplante de células beta que iba a realizarse el próximo verano.

Pidió a la agencia que le enviaran a Sara, una prostituta competente y discreta. Era una muchacha de estudiada timidez que lucía una piel de porcelana. En su cabello recogido aleteaba el aire lánguido y sensitivo de un óleo de Gustave Klimt. Le ordenó que se arrodillara entre sus piernas. Oliveira puso a Albinoni en el reproductor y acarició los cabellos de la mujer con lentitud. Seguía lloviendo, lo sabía por la ansiedad que irradiaba el lóbulo límbico. Jamás admitiría que su enfermedad no tenía cura, había amasado una fortuna con el único objetivo de financiar un trasplante que lo liberara de la dependencia de la insulina. Una cólera fría lo embargaba. Le dijo a Sara:

—Tienes el cheque en el recibidor. Puedes irte.

Diez

La lluvia parecía granalla, caía con mala leche. A las nueve de la noche, cuando todos los programas hablaban de inundaciones, Arturo Yesa comprobó el nivel del río. Apenas superaba la rama de control, se estabilizaba. El Besos andaba aturdido, aquellas pastillas tumbaban a un caballo. ¿Y si el río siguiera creciendo? Él podía salir nadando del taller pero Rubén la palmaría. Tenía que decidir si se largaban a la torre de San Miguel o pasaban la noche en el piso del Zuri. Si tuviera un percutor, en el caso de que el río invadiera el local, podría abrir un boquete en la pared que daba a la calle Riera. En la torre estarían como dios, a salvo de la quemada del tiempo. Sacudió al Besos y lo obligó a tomar un yogur. Se pasaría sobando toda la noche.

El Tigras conectó el ordenador y miró el correo. Tenía un aviso, la rubia de bote que lo llevaba al hotel Corona. Y de la manera que pintaba la noche. A aquella tía, todavía con las carnes en su sitio, le gustaba el riesgo. En una ocasión le hizo comprar un sostén en la lujosa cadena de lencería Caracol.

—¿Había un señor dando vueltecitas por la tienda? —le preguntó ella.

—¿Un viejo con un jersey amarillo?

La rubia se partía el culo. Era su marido. No acudiría a la cita, no podía dejar a Rubén solo. Probablemente perdería una clienta, aquella mujer estaba acostumbrada a que todo el mundo se le echara de alfombra. Ibas, complacías y largo. Resultaba que todas las ricas se conocían y además se odiaban entre sí. Vaya tomate. La del hotel Corona, encima, era la única que lo ponía caliente, quizá porque cuando se quitaba el vestido parecía una tarta de puntillas. El primer día se la tuvo que follar en la moto, todo un número. La chorba, que al principio se negaba a ponerse el casco, se le apalancó en el depósito de gasolina y le pidió que le metiera caña al motor. Circulaban a ciento cincuenta por la autovía de Madrid, ella decía que le faltaba el aire. No veas la pinta de motera zumbada, con un vestidito de gasa y medias de cristal. En una recta se levantó las faldas, iba sin bragas. Al Tigras no le iba lo de conducir y meter, era arriesgado. La rubia de bote era un animal follador que le echaba imaginación al asunto y, al menos, no largaba de boquilla ni lo sobaba con mentiras. Que le dieran bola, aquella noche era imposible.

Apagó el ordenador y miró los programas del televisor. En *Celulitismix* varios tipos debatían con el padre Novoa. Largaban sobre la función de la Iglesia, la utilización de los locales sagrados y demás pajas mentales. El cura, con un círculo rapado en la coronilla, a juego con los pantalones, era un vividor con el pico suelto que había montado una movida guapa. En otra cadena ponían una película de Hitchcock que ya había visto. Trataba de un tipo que se acojonaba con las alturas. El Tigras se abrió una lata de cerveza y se arrellanó en el sofá para ver la película de nuevo. Le recordaba sus trabajos de colgado. En una ocasión le pagaron setenta papeles por quitar el pararrayos de la cúpula de ICB, casi tan alta como la Torre Verde. Pegó el estómago a las tejas de la cúpula y miró a la gente: un hormiguero se removía en la calle, allá abajo.

Le agradaba disparar la máquina del pecho, poner el corazón a tope, pero no sentía miedo. Aquel día dos altos directivos de Ibercaibanco, admirados por su trabajo, lo felicitaron.

A las diez de la noche arropó a su hermano y se abrió otra lata. Hizo músculo para estirar el cuerpo en las barras del elevador situado en un rincón. Cuando regresó al sofá recordó a su padre. Estaba sentado y le acariciaba la nuca al Besos. Veían un partido de fútbol. A Rubén le agradaba sentir una mano encima. El Tigras observó a su padre y sus miradas se cruzaron. Nunca se llevaron bien. Quizá por eso, para demostrar que podía darse vida, comenzó a reventar coches. Y por joderlo. Veía el rostro del padre pero sólo conseguía recordar las manos tibias de su madre. Llevaba las uñas, de grandes medias lunas blancas, muy cuidadas.

De pronto vino el apagón, igual que el día anterior. El Tigras permaneció sentado un rato. Se palpó el vértice de la mano, insensible. En la escuela se atravesaba una aguja por aquella rebaba muerta y asombraba a los compañeros. Después, al oír el griterío confuso que llegaba del exterior, se puso la chupa, cogió la linterna y salió. Por Lepanto grupos dispersos se dirigían a la avenida desafiando la lluvia y aprovechando la oscuridad. Cuando llegó a la esquina de las vallas publicitarias vio la gresca montada. La gente, armada con herramientas, iba a romper. Destrozaban los escaparates, cascaban las cerraduras y mangaban mercancía. La de dios.

Once

Carmen se vistió con un traje pantalón, de acetato y viscosa, de color paja. Debajo llevaba un body y no usaba sostén. Actuaría de ejecutiva prudente o de joven atrevida, según se desarrollara la noche. No era ninguna furcia, le repugnaba el nombre, aunque Híjar tenía motivos para pensarlo. Había descartado a Oliveira, aquel tipo, frío como una losa, no se plegaría a su ruego. Con el químico jugaba con ventaja: se derretía cuando la miraba y al menos, pese a las ojeras de la madurez, conservaba una fachada deportiva y un rostro viril. Pero ocultaba un orgullo de tigre, no era tan simple como aparentaba en las comidas.

Se acomodó en el asiento delantero del coche del químico y tocó la bocina. Tenía que ser hábil para conseguir sus propósitos con vagas promesas de cama. A veces daba resultado. Debía excitarlo con finura. Híjar se sentó a su lado y puso el motor en marcha. La lluvia golpeaba el parabrisas.

—¿Dónde prefieres tomarte el cubata de ginebra de marca? —preguntó burlonamente Híjar.

—¿Nos seguimos atacando o firmamos una tregua?

El químico sonrió, estaba a la defensiva aunque se dejaba llevar por el chispazo de aventura y sexo.

—Te he servido la comida cientos de veces. Hoy preferiría que nos sirvieran la cena.

—Perfecto. Dirígeme.

Salieron del barrio, que parecía desierto, por la circunvalación cuarta. Híjar sospechó que la joven no actuaba con naturalidad y lo trataba de utilizar.

—No salgo apenas a cenar. Tú mismo —dijo Carmen. Pronunció la palabra «tú» en voz baja, el encanto tímido y sumiso.

Híjar eligió el Monte Perdido, un restaurante en la zona del Nórim. Llevaba la tarjeta F10, un salvoconducto. La policía y los vigilantes le facilitarían aparcamiento y seguridad. El sorbo de whisky que había tomado con Adela lo mantenía irónico.

Calles desiertas batidas por la lluvia. En cuanto alcanzaron Miguel Servet la ciudad mejoraba la iluminación. Las avenidas estaban tomadas por los miembros de las compañías de seguridad, que protegían las entradas de las fincas. Tras dejar atrás la plaza de Paraíso transitaron por Sagasta, un paseo cuajado de fachadas modernistas, y aparcaron en el garaje del restaurante.

Carmen no tomó postre, se quitó la chaqueta y fumó un cigarrillo rubio. Híjar estaba gozosamente confuso, jamás habría imaginado que ella estudiara medicina ni que su trabajo fuera ocasional. Durante la cena hablaron de montañismo y de la universidad. ¿Por qué estaba con él? ¿Aún resultaba atractivo? En sus tiempos de facultad varias compañeras lo acechaban. La seguridad en sí mismo, una suerte de embriaguez porosa aumentaba. Odiaba el recuerdo de Tina. Miró la malla de color arroz que velaba el busto de Carmen, una insinuación turbadora.

Ella fumaba en silencio. Híjar sintió el deseo súbito de morderle el labio inferior, de sorberlo como si fuera una ostra. Se acordó del comentario burlón de Oliveira, el exceso de serotonina te hace andar salido. El director también había predicho aquel encuentro.

—¿Puedo probarlo?

Carmen se acercó a él y tomó su vaso helado de orujo. A Híjar le atraían los senderos que partían de las clavículas. Miró la boca de la mujer, se exponía a un rechazo sin mayor importancia, y le propuso:

—¿Quieres tomar una copa en mi casa?

Carmen no contestó. Se echó hacia atrás en la silla. De pronto se levantó y se puso la chaqueta. Aceptaba.

Doce

Al Tigras lo amedrentó el rugido confuso de la avenida, un bullicio de gritos apagados y de amenazas que sobresalía entre los navajazos de luz de las linternas. Hervía como un avispero, mal rollo. Nunca había visto a la tribu desatada, con el escozor de mangar en el cuerpo. La lluvia caía cruzada y machacaba las fachadas del lado izquierdo de la avenida. Los grupos iban preparados: palanquetas, cizallas y mochilas. Sonaban algunas alarmas, las que estaban conectadas a las baterías, hasta que las destrozaban a golpes. Vio cómo reventaban las ventanas del súper de la esquina con Lepanto y entraban a robar. En la esquina siguiente un gentío apelotonado, indiferente a la perdigonada de lluvia, rompía las cristaleras del Deutsche Bank y asaltaba el cajero automático. Anduvo hasta la calle Flandro, enfocó los bajos y vio a dos viejas que daban el palo en una mercería de mala muerte. Todo dios andaba pillando, se había levantado la veda.

A él le faltaba un módem con mayor velocidad. Se dirigió a Galeríaoro, al final de la avenida. Sorteó los grupos oscuros que se apretaban en las aceras en busca de establecimientos. Cuando enfocó la ventana del Clan le pareció distinguir al viejo Canals, amagado tras el ventanal del restaurante y armado con una escopeta de caza para evitar que lo atracaran.

La gente esperaba a las puertas de los grandes almacenes con el ciego en el cuerpo, como si aguardaran el mejor concierto. Los guardias de seguridad, que disparaban desde las ventanas, consiguieron paralizar la cabeza de la masa, hasta que los extremos del abanico se estiraron y dos grupos alcanzaron los soportales. Los escaparates blindados, iluminados por las linternas, aguantaron poco tiempo. Abrieron boquetes y llegó el desparrame. Allí, si te caías, podías acabar machacado como una hamburguesa. Los seguratas continuaban disparando, de pánico, pero la peña se colaba por los escaparates. En cualquier momento podía venir la luz. Aquella trifulca acabaría con mogollón de fiambres, se veía venir.

El Tigras regresó hacia el río. Una multitud rodeaba un coche de la pasma a la puerta de Ibercaibanco. Los maderos, iluminados por el resplandor de las luces giratorias del coche, disparaban al aire, reculaban. La masa llevaba en el cuerpo el barreno, todo era de todos. Aquella noche se acababa la puta crisis. El dueño de Modasmilenio y su segurata mantenían a la masa a distancia abriendo fuego desde el balcón. Si duraba el apagón, el barrio quedaría como una escombrera. Los que estaban a dos velas mangaban a mogollón y los que tenían se defendían a tiros.

En el Superalimentación no se oían disparos. Los tipos salían cargados sin apiñarse. Arturo Yesa se coló y fue alumbrando los puestos. Comprobó que a la Tere también le habían reventado el garito. Cogió tres quesos del usurero del puesto doce, le gustaban al Besos, y tiró para el río. El zumbido del enjambre se amortiguaba en la ribera. La luz de la funeraria estaba apagada, el Riñones había huido de la quema. Caminó por la senda y se dirigió al taller a oscuras. El Huerva vomitaba un caudal capaz de arrastrar medio barrio, pero apenas superaba la rama de control. Todo dios andaba zumbado, excepto el Besos, que dormía como una piedra, ajeno a las quemadas de la gente.

El Tigras acarreó mercancía de Superalimentación. Cuando avanzó la noche y no apreció peligro en el río, pensó en volver a Galeríaoro, necesitaba un módem potente. Tendría que subir hasta la cuarta planta, a la sección de informática. Quién sabe si los seguratas aún estarían agujereando la noche a tiros o habrían sido arrojados por la caja de escaleras. En la esquina de Lepanto tropezó con el guardia de Modacor, un fiambre pisoteado en la acera. Vaya barrio de asesinos y mangantes. Y la pasma al abrigo, aunque la que había acudido terminaría tiesa.

A las tres de la madrugada el barrio era un infierno, el apagón parecía eterno. La peña había fundido las tiendas y andaba reventando viviendas. Cargó el último viaje de laterío en el súper y se encerró en el taller. Era acojonante, hasta de la funeraria sacaban una caja de muerto después de derribar la puerta trasera que daba al río. Había que abrir el ojo y vigilar lo tuyo. Desechó la idea de volver a Galeríaoro.

El Tigras pensó en los alacranes. Los había visto matarse en un programa de National Geographic.

Trece

Híjar pulsó el mando de la cadena musical y sonó por tercera vez «When a man loves a woman».

—¿Es una fijación? —preguntó Carmen. Tenía que abordar el tema, para eso estaba allí, en el piso del químico. Al fin y al cabo era un pequeño favor que a Híjar no le costaba ningún esfuerzo.

—La bailé cuando tenía, no sé, quince o diecisiete, con una chica rubia. Le besé el cuello —recordó Híjar, sonriente.

Ella miraba el salón, se fijaba en la estantería de cedro y en las fotografías de cumbres nevadas. Se había quitado la chaqueta y graduaba la provocación. De vez en cuando miraba las dos ampliaciones colgadas a ambos lados del prisma hexagonal de cerezo que envolvía la chimenea. En una de ellas un montañero juvenil sonreía colgado en un cortado. El cabello largo y despeinado de Carlos Híjar le daba un aspecto melancólico en la fotografía contigua, sentado en una terraza de la plaza de la Ciudad Vieja de Praga.

—¿Tu trabajo te impide el montañismo?

Híjar se desabrochó un botón de la camisa, estaba cómodo y la pasta de la conciencia le transmitía vitalidad. Se engolfaba en la atracción que le provocaba Carmen, una coctelera donde se agitaba el perfume, la vanidad satisfecha y los pechos envueltos en gasa. Miró la fotografía. Estaba colgado de una flor de clavos en una pared vertical de los Mallos de Riglos.

—No tengo la agilidad de entonces.

—¡No te vengas lamiendo con tu edad! Qué mal rollo. Tienes poder.

—¿Poder? ¿Dónde lo has visto? —Híjar, divertido, miró en torno.

—Poder. Un piso lujoso, coche último modelo... Estás montado —enumeró Carmen.

—¿Tú crees?

—Salta a la vista. Abres la boca y ¡zas! La varita mágica. Consigues lo que quieres. No es ningún reproche, entiéndeme. Ojalá pudiera tenerlo yo, pero la gente de mi edad lo tiene crudo.

Carmen se había sentado en la mesa fumadora. Jugueteaba con uno de los dados gigantes de marfil que compró Tina. Lo tiró entre sus piernas: cinco.

Híjar insistió:

—¿Cómo de crudo?

—Amargo más que crudo. Tengo que aguantar a dos altos ejecutivos mientras comen. Mi tío cree que soy un aliciente, me recomienda que me vista con ropa ceñida y que use falda.

Al químico le divirtió aquella sinceridad. En los altavoces sonaba «A través del universo». Había programado los temas antes de ir al trabajo. Le tomó un dedo a la mujer.

—Eres un aliciente, no lo dudes.

—Ya. La camarera, además de amable está buena, ¿no?

Híjar se echó a reír. Le agradaba el descaro irónico de Carmen.

—Prosigue con los comentarios. Es chocante tu versión de las comidas.

Ella se inclinó. A Híjar lo debilitaba la proximidad.

—Mira cómo está el patio. Mi hermano, por ejemplo. Acabó formación profesional de electrónica y ahora le aguarda un despido rotativo. Un paria a merced de decisiones arbitrarias.

—¿Qué decisiones?

—Las tuyas. ¿Qué hora es? Se me hace tarde...

Ella irguió el pecho y miró en torno.

—¿Cuáles son mis decisiones arbitrarias? —reiteró Híjar con prevención.

Carmen le acarició fugazmente el lóbulo de la oreja.

—Me gustan las orejas pequeñas. ¿Me acercas, por favor, hasta el barrio? Tú podrías influir.

Él le tomó la mano con firmeza.

—¿Cómo puedo influir?

—Mi hermano trabaja en Coxa. Oliveira puede rotar los puestos de despido, un favor sencillo. Necesitamos el sueldo de mi hermano.

Híjar se soltó los cordones de los zapatos y se descalzó. Apoyó la espalda contra el sofá y canturreó la canción que sonaba. Terminó su copa y se echó a reír. En poco tiempo le intentaban meter el segundo tacón de aguja en el ojo. Llevaba el pelo suelto, había seleccionado la música , ¡y se encontraba seductor con el chubasquero! ¡Vaya lucidez la suya! Durante la cena llegó a pensar que Carmen se encontraba allí por él mismo. Aquella situación era similar al agravio de Tina. Seguía riéndose de sí mismo, hacía piruetas en torno a la barra fija. Si quería follar se podía pagar a una prostituta hermosa y alegre.

—¿Qué te ocurre? —Carmen comprendió que llegaba a una situación límite.

Híjar continuaba repasando sus previsiones. ¡Y llegó a sentirse atractivo!

—¿Quieres dejar de reírte? —Había cierto temor en la súplica de la mujer.

—Siéntate bonita, siéntate. Está lloviendo, has cenado y no tienes prisa.

La tomó de la cintura y la sentó en el sofá. Prosiguió:

—Mira, cariño, eres un bombón, pareces una máquina de follar con control digital. Me has estado poniendo a mil con los pechos envueltos en papel de regalo transparente —el químico usaba un tono coloquial y burlón—. Fóllate a Oliveira, hazle una labor fina y sugiérele que no eche a tu hermano.

Carmen se levantó airada y cogió la chaqueta. Lo miró con desprecio. Se había equivocado con aquel tipo. ¡Y le estaba pidiendo un favor insignificante! ¡A Oliveira le daba igual despedir al tres mil uno que al tres mil dos!

—¡Púdrete con tu poder y tu tarjeta FIO! ¡Todos los apalancados sois iguales! ¡Chulos de mierda!

—¿Qué pretendías? ¿Hacerme dos carantoñas, ponerme la miel en los labios y que yo hiciera el papelón?

Carmen se sintió herida. Era guapa. Desde que cumplió los diecisiete los hombres se afanaban por hacerle pequeños favores.

—¡Se te cae la baba cuando me miras! ¡Y no follo con tacones de aguja!

—¡Ah, encima te quedas fisgando detrás de la puerta! ¡Se jodió la finura de la camarera!

Híjar se encontraba arrogante y mordaz. La había descubierto a tiempo: otra tía que enseña las tetas a cambio de cualquier cosa. Observó los músculos del cuello de Carmen, el enojo le daba un aire desafiante. Ella intentó humillarlo:

—¿Sabes dónde aprendí las buenas maneras? ¡«Conviértase en un miembro de la clase alta en dos horas», un cederrón que enseña cómo tratar a los ejecutivos fatuos y gilipollas!

Carmen buscó en torno, cogió su bolso y se despidió:

—¡Anda y que te jodan!

—Llueve para apagar el infierno. Te llevo —decidió Híjar, jovial y cínico.

Carmen caminaba hacia la puerta.

—¡Olvídame!

—Yo también me compré un cederrón —repuso el químico—. «Cómo ser un caballero cuando te ataca una calientapollas.» Lo aprendí en media hora.

A la mujer le pareció provocador. La seguridad en sí mismo acentuaba su firmeza y rompía la imagen del ejecutivo mirón de las comidas. Pulsó el botón del ascensor. Híjar caminó tras ella con los zapatos en la mano. Se los puso en el ascensor. Perdió el equilibrio y se apoyó un segundo en el brazo de Carmen. Era raro el tipo. Cualquiera habría intentado acostarse con ella, hiciera después el favor o no. ¿No lo excitaba lo suficiente? ¡Si se le caía la baba cuando la miraba! Ella misma se había encontrado bella cuando se miró en el espejo. ¿Por qué la despreciaba el químico? Aceptó subir en el coche, caía el diluvio. No hablaron durante el trayecto. Cuando tomaron la circunvalación cuarta, Carmen evaluó la situación y pidió con voz firme:

—¿Tu cederrón también dice que los ganadores deben ser discretos? Al menos no le digas nada a mi tío. Por favor —hizo una pausa, le dolía doblegarse—. Me echaría del trabajo para que tú no te sintieras ofendido. Y lo necesito.

—Descuida.

Híjar observó que no lucían los semáforos. Quimicox estaba a oscuras, una confusión de edificios.

—Vaya, hablando del infierno...

Los faros iluminaban a grupos de gente que invadían la calzada. Torció por Caspe para tomar la avenida. Tuvo que frenar en seco. Una multitud, que se guiaba por linternas, había tomado la calle. Dos jóvenes comenzaron a dar palmadas en el capó del coche. Metió marcha atrás y topó contra varios cuerpos que no pudo distinguir. El golpe desencadenó la ira. Un grupo enardecido comenzó a impulsar el coche con la intención de volcarlo. Híjar sólo veía a los individuos que machacaban el capó, iluminados por los faros, cuando notó que el vehículo se inclinaba.

—¡Vámonos! —la cogió de la mano y tiró de ella. Él logró salir. Desde el lado contrario del vehículo increpó al grupo. Lo enfocaron con linternas. Realizó un movimiento, los otros creyeron que buscaba un arma bajo la ropa y dejaron caer el coche. Tiró del brazo de la joven y salieron corriendo. Algunos los persiguieron durante unos metros hasta que lograron confundirse entre la gente. Aún vieron cómo un grupo enfocaba el coche y lo desvalijaba. Corrían por la acera de la avenida entre tropiezos y empujones.

Catorce

Oliveira regresó a la factoría pasadas las diez de la noche, en cuanto se enteró por la radio del corte del suministro eléctrico en el barrio de Quimicox. Desde su despacho en la planta llamó a la comisaría central y se identificó como el director de Coxa. El sargento de guardia afinó la cortesía. Le aseguró que iba a llamar a la compañía eléctrica, pero no tenía noticia de ningún atentado ni avería provocada contra las torres de suministro. El apagón se debía al temporal. Le explicó que les resultaba imposible atender las múltiples llamadas que les llegaban desde que sobrevino el apagón en el barrio. La ciudad se hallaba en situación de alerta roja y cientos de sótanos estaban anegados. El inspector jefe estaba reunido en gobernación estudiando el plan de evacuación de una parte de la ciudad y la colaboración del ejército si el Iboa se desbordara.

Oliveira supuso que las anomalías metabólicas alteraban su estado de ánimo y aumentaban la susceptibilidad. No existía fundamento lógico para prever un sabotaje a la planta. El generador, como el día anterior, se había puesto en marcha automáticamente. Tenía capacidad para mantener la factoría activa. Con la anulación del turno nocturno sólo era preciso el funcionamiento del primer cuerpo. Todo estaba en orden.

No debía haber regresado a la planta, pero necesitaba una actividad absorbente para aplacar la ansiedad. Su vida estaba orientada a una meta: escapar de la dependencia. Había logrado los medios, disponía de la fortuna necesaria para poner la clínica más avanzada a su disposición. Y existía una esperanza científica razonable. No se conformaría, como su padre, ahogando la impotencia en alcohol. En cuanto le confirmaran la cita viajaría a Minnesota. El aumento de las proteínas en la sangre tenía que tratarse de una alteración pasajera.

A las once y cinco minutos de la noche oyó ruidos, le pareció que destrozaban la valla que protegía las doce naves de la factoría. Pulsó el 3 de su terminal de comunicación interna: jefe de seguridad.

—Soy el director. ¿Situación?

—Normal, señor. Hay disturbios... Un jaleo fuera, ya sabe, se aprovechan del apagón, pero no nos afecta, no...

Oliveira apreció un tono dubitativo y mínimas dificultades para articular. Reconoció la voz de Ejalde. Conectó el ordenador y apareció en la pantalla la hora y la fecha: 23.08. 27 de octubre. Mecanografió el apellido y consultó los turnos de trabajo. A Ejalde no le correspondía estar en la planta aquella noche. Podía indagar en la sección de cambios de turno, pero telefoneó directamente a la unidad de control, situada a la entrada de la fábrica. No respondían. La hipótesis irracional ganaba peso. Carecía de un arma. Quizá se tratara de un desorden momentáneo, aunque desde la unidad de control lo habían visto entrar, lo saludaron los tres vigilantes del puesto de entrada a la fábrica. Aquellos empleados evitarían cualquier negligencia estando el director en la planta.

Salió del despacho, cogió el maletín del glucómetro y activó el cierre en red de la puerta. Regresaría a casa tras comprobar qué estaba sucediendo. Los pasillos apenas estaban iluminados a causa de la situación inactiva de la fábrica. Subió al piso superior para abordar la central de seguridad por el lado inesperado. Ejalde no advirtió su presencia cuando pulsó el código de la puerta. El jefe de seguridad se sobresaltó al verlo entrar. Al psicólogo le bastó con ojear el panel de pantallas para calibrar la gravedad extrema de la situación. El monitor de la cámara 3 mostraba un rostro camuflado con pasamontañas y kufia. Oyó a Ejalde:

—¡Se está produciendo una emergencia, señor! Ha sucedido en este último minuto. Parece un grupo descontrolado que intenta penetrar en la planta. ¡No contesta la policía!

—Insista.

Oliveira observó la sudoración en la frente del vigilante y un movimiento reflejo hacia el arma. La cámara 6 grababa los pasos de un comando: cinco miembros de una unidad especial, armamento sofisticado y uniforme variopinto, recorrían el pasillo de administración. Habían accedido ya al segundo piso. Ejalde era cómplice, tenía que haber visto la entrada del grupo en varias pantallas. Dada la situación del comando de cabeza, al menos hacía diez minutos que había entrado. Oliveira rebobinó la cinta de la cámara 4: uno de los atacantes pulsaba los códigos del ordenador del control de personal e imprimía el número, nombre y ubicación de las personas que se encontraban en el interior de la factoría. Disponían de información interna de alto nivel, conocían los códigos secretos de la red de seguridad. Miró la pantalla de la 2, fija en los cadáveres de dos vigilantes. Los invasores podían ser veinte y actuaban al menos en tres comandos.

—Señor Ejalde... Tengo miedo. —La voz de Oliveira sonó temblorosa.

—Esta célula está blindada, señor director.

—Pero tengo miedo, corremos peligro... Por favor, insista con la policía. ¡Llame a gobernación! ¡Llame!

Oliveira se puso al teclado del ordenador y entró en la red interna. Se desanudó la corbata con un gesto nervioso y ambos extremos colgaron sobre su pecho. Introdujo el código de control y activó las órdenes de mando sin confirmación, cualquier comando se ejecutaría nada más pulsarlo. Seguidamente se introdujo en el programa de energía mientras echaba una ojeada a la mesa adosada a la pared que recorría la sala de seguridad.

—¡Ejalde! ¿Está seguro de que los cristales son blindados?

El tono medroso de Oliveira contrastaba con la reafirmación del vigilante:

—Aquí jamás entrarán, señor. La policía no contesta y en gobernación responde el contestador automático.

—¡Inténtelo de nuevo, se lo ruego! ¡Nos estamos jugando la vida! ¡Por favor!

Oliveira vigiló el monitor de la 12. Estaban tomando la planta tercera. Pulsaban el código de apertura y asesinaban al vigilante del piso de dirección. Un miembro del comando se situó frente al guardia de seguridad mientras otro, a su espalda, le disparó a la nuca. No erraban ningún movimiento, existía una planificación exhaustiva y utilizaban armamento y modos eficientes, propios de un cuerpo especial del ejército. Sonó el teléfono en la central de seguridad.

—¡No lo coja, señor Ejalde! ¡Por favor! ¡Tiene que contestar la policía!

La histeria alteraba la voz de Oliveira.

El monitor de la 9 mostraba un grupo de cinco hombres que esperaba el ascensor, mientras en la pantalla de la 13 aparecía su despacho. La última cámara se activaba cuando él cerraba la puerta con código de red interna. El grupo penetraba en su despacho y ametrallaba metódicamente todos los armarios. Lo buscaban a él. Oliveira se percató de que Ejalde sacaba el arma de su funda y la empuñaba.

—No se preocupe, señor. Le repito que esta cámara es inviolable.

Oliveira lo miró a los ojos, Ejalde sólo se atrevería a dispararle por la espalda.

—¡Llame, se lo suplico, por última vez! ¡Se lo suplico!

Controlaba visualmente el mazo de folios situado junto a la impresora y tenía el dedo índice sobre F12, el macro que desconectaba el generador de energía y activaba las baterías que alimentaban la red informática. Le quedaban pocos segundos. Cuando Ejalde le dio la espalda para usar el teléfono, el psicólogo pulsó la tecla. El generador se desconectó y quedaron a oscuras. Arrojó el paquete de folios contra la puerta, el impacto produjo una cadena de ruidos, al tiempo que saltaba sobre la larga mesa.

—¡Señor director!

La pantalla del ordenador despedía un leve fulgor, la única iluminación de la estancia.

—¡Óigame, señor director!

Oliveira, pegado a la pared e inmóvil, advirtió que el vigilante, creyendo que él estaba oculto bajo la mesa, caminaba hacia la puerta. Cuando queda aplastada la tráquea el movimiento reflejo se dirige contra el elemento obstaculizante y se deja de razonar. Ejalde no tendría capacidad de coordinación para elevar el brazo sobre el hombro, torcer la muñeca y disparar al agresor. Anduvo dos pasos cautelosos sobre el tablero de la mesa, tal vez el vigilante estuviera a un metro de él. Intentó oler el sudor o percibir la respiración. No podía fallar. Ejalde dio un paso y Oliveira oyó el ligero crujido de la ropa. Tenía que actuar brutalmente y ejecutar la acción en unos segundos. Realizó un movimiento envolvente con los brazos abiertos, ambos extremos de la corbata sujetos en las manos, y apresó el cuello del vigilante. Oliveira, al apretar el dogal, dejó escapar un grito de las entrañas. Tiraba con todas sus fuerzas, como si quisiera cerrar el nudo, con las rodillas apuntaladas en la espalda de Ejalde. Embutió la cabeza en las vértebras dorsales de la presa para eludir un disparo. Aquel inepto pretendía asesinarlo. Podía reducir el cuello al círculo del espinazo. Percibió el pataleo agónico del vigilante, eterno, oyó dos disparos reflejos contra el suelo y, por fin, notó el derrumbamiento del cuerpo.

Saltó del tablero y se puso al teclado del ordenador. A oscuras no podría encontrar la cúpula del edificio que comunicaba con las escaleras de seguridad, apenas transitaba por los pisos superiores. Tenía escasas posibilidades de salir con vida pero las agotaría. Conectó el generador y miró las pantallas. El monitor de la 9 seguía mostrando al grupo que esperaba el ascensor, el apagón había inutilizado el aparato. En la pantalla de la 6 se veían dos encapuchados, con pañuelos palestinos al cuello, en estado de alerta. Sonaba insistentemente el teléfono de la central de seguridad. Los asaltantes llamaban a Ejalde para averiguar qué estaba ocurriendo con el generador.

Disponía de pocos minutos para alcanzar las escaleras de seguridad. Extrajo las cintas de las cámaras y las arrojó sobre los archivadores superiores. Después, concentrándose para no cometer el mínimo error que resultara nefasto, arrebató el arma de la mano caliente de Ejalde y la guardó en los riñones. Corrió por el pasillo sin desprenderse del maletín hasta alcanzar el cuarto piso. Al fondo del pasillo vio las señales indicadoras de las escaleras de incendios. No estaba preparado para aquella tensión, podría sobrevenir una hipoglucemia en cualquier momento. Subió a zancadas las escaleras que envolvían el hueco del ascensor. La boca ardiente y la lengua dormida. En el descansillo se percató de que estaba encendido el piloto de espera del ascensor, mantenían las puertas abiertas del aparato. Llegó al quinto piso y vio la flecha vertical que indicaba la subida del ascensor. Tal vez se dirigieran a la última planta, en medio minuto podían estar allí. Entró en el cuarto de motores. ¡Necesitaba una barra, algo! Colocó una llave inglesa bajo las sirgas y la forzó con el pie. El motor continuaba arrollando la sirga que izaba la cabina. Realizó un último esfuerzo y la llave se incrustó en la garganta de la polea. La sirga, parsimoniosamente, salió del acanalado hasta que perdió vuelta. Notó el tirón que ejerció la cabina sobre la sirga al caer un metro, pero la sirga aguantó la tensión y el ascensor no se desplomó. El mecanismo de seguridad detuvo los motores. Un grupo quedaba atrapado, tardarían unos minutos en salir.

Estaba en la última planta, pulsó el código y la puerta que comunicaba con las escaleras exteriores se abrió. Si retrasaba cinco minutos la inminente hipoglucemia estaría a salvo. Un mazo de sangre percutía en los pulsos y la cabeza le estallaba. La lámpara piloto situada en el exterior iluminaba el primer tramo de escaleras metálicas.

Oliveira percibió la lluvia en el rostro a la vez que la súbita presión del arma en el pecho. Con la mano izquierda un uniformado le empujó la frente y lo colocó con la espalda contra la pared sin dejar de apuntarlo. Habían tomado todas las salidas.

—¡Las manos arriba, visibles! ¡Piernas abiertas! ¡Inmóvil!

Se miraban a los ojos. La alarma, la tensión y el dominio se adivinaban en los ojos del soldado que lo había detenido. Oliveira sintió la blandura del desmayo. Tenía que ganar unos minutos. Dobló la cabeza, deslizó la espalda contra la pared y respiró hondo. Fingía que se derrumbaba. El encapuchado reaccionó, le aplastó la cara con la mano izquierda.

—¡Inmóvil!

Oliveira notó el cañón del arma en la boca. Estaba tembloroso, hipoglucémico, afanado en su concentración.

—¡Inmóvil te digo!

Persistía la presión del metal en el paladar, no dejaba de apuntarlo. Le oyó decir por el transmisor portátil:

—¡Car 22, tengo a C1, coincide con la descripción!

Oliveira aflojó los brazos abiertos y se venció ligeramente hacia delante. El asaltante le levantó el rostro presionando con el arma. El punto de mira le hirió el paladar y el dolor activó una pulsión de supervivencia. Desplomó el brazo derecho y se llevó la mano al glúteo.

—¡C1 se desmaya! ¡Estoy en mi posición, salida 5! —precisó el soldado.

Oliveira dejó caer el matelín de la mano izquierda, provocó durante una décima la desconcentración del atacante, mientras la derecha cogía la pistola de la cintura y la llevaba directamente a la nuez del uniformado. Se miraban. A la luz que proyectaba el piloto veía los ojos aterrados del soldado. El encapuchado le apuntaba a la boca: destrucción del bulbo raquídeo, muerte instantánea. Él le apuntaba a la nuez: tráquea y cervicales. El uniformado gritó:

—¡Inmóvil! —Y la voz sonó deformada.

Oliveira lo miraba sin pestañear. Un milisegundo: ladearse, agachar la cabeza y disparar. Lo hizo. Primero notó el desgarro en la boca. El cuerpo del enemigo salió despedido. Sintió la mordedura del dolor y se llevó la mano a la mandíbula. El disparo le había atravesado la mejilla y tal vez le había arrancado parte del maxilar. Disponía de poco tiempo, el poderío del desvanecimiento se imponía. Había sorteado el cadáver y descendía las escaleras. Razonó, no podría llegar hasta abajo, el desmayo lo invadía. Oía los pasos que se acercaban. Volteó el cadáver del soldado, lo colocó boca abajo y alargó el brazo derecho: pensarían que había muerto disparando a alguien que huía escaleras abajo. Arrojó el maletín por encima de la puerta de salida, se aferró a la cornisa e intentó alcanzar la azotea. Perdía el sentido. Permaneció unos segundos en cuclillas y lo intentó de nuevo. Por fin consiguió volcar el cuerpo hacia la azotea, aunque un movimiento reflejo del pie golpeó el maletín, que cayó junto a la puerta. Anduvo unos metros por la azotea con la boca abierta y ensangrentada. Las gotas de lluvia le salpicaban el rostro. Se desplomó entre cajas de embalaje.

Quince

Resultaba insólito, pero ni Carmen ni Híjar conseguían orientarse en el barrio. Se movían en una oscuridad astillada por los haces de luz de las linternas. Carmen, con las ropas mojadas, caminaba con dificultad a causa de los tacones. Conforme se alejaban de la Avenida disminuían los transeúntes. El químico decidió que debían escapar de la refriega, alejándose de la arteria principal, y dirigirse hacia el sur atravesando el sector viejo, hasta dar con el Iboa. Se encontraban con grupos que asaltaban pequeños establecimientos. Tampoco se atrevían a preguntar. En la noche traspasada de lluvia caminaban a ciegas.

—Vamos a volver. Saldremos de este maldito barrio, pasarás la noche en mi casa y mañana te largas —propuso Híjar.

—Y una mierda. Regresaré a mi piso. —Carmen siguió andando. Tenía frío.

Cambiaban de acera cuando avistaban un grupo de linternas o los faros de un coche que enfocaban una tienda. Ella preguntó:

—¿Estás seguro de que vamos hacia el río?

—¡Dejamos la Avenida al norte! Llevamos tres cuartos de hora caminando, tenemos que estar cerca, ¡teníamos que estar ya junto al río! En cuanto lleguemos al Iboa, seguiremos la ribera y alcanzaremos el Huerva.

—¡No conozco mi propio barrio! ¡No sé dónde estoy! ¡Quién me mandaría ir a cenar con un capullo de ejecutivo!

Híjar le apresó la muñeca y avivó el paso. Respondió:

—Tú.

Con la precipitación tampoco cogió el chubasquero. Y las llaves del piso estaban en el coche, aunque en los barrios civilizados existen cerrajeros. Tenían que estar cerca del Iboa. Aquella noche, poblada de edificios oscuros e irreconocibles, parecía una pesadilla. Como si quisiera convencerse de que caminaban en la dirección correcta afirmó:

—En cuanto demos con el río veremos las luces de Coxa, funcionan con generador.

—¡Coxa funciona jodiendo a la gente!

Híjar, sin ninguna intención erótica, la apretó contra sí. Estaba mojada y fría. Concedió:

—Por supuesto.

Carmen continuó andando en aquella postura. Un extraño flujo de simpatía impedía que lo odiara.

Se detuvieron porque dos linternas los enfocaban. Carmen se llevó las manos a los ojos, la chaqueta se entreabrió y descubrió la semidesnudez del busto. Sólo se escuchaba el repiqueteo de los vertidos de los tejados al chocar contra la acera. La enfocaban a ella. Él forzó el paso y no vio venir el golpe de una barra. Realizó un movimiento instintivo y lo sobresaltó el dolor agudo en el hombro.

—¡Mírala! ¡Va medio en pelotas!

Híjar notó que lo mantenían en el suelo pisándole el rostro. El dolor del golpe llegaba hasta los dedos de la mano.

—¡Eh, eh, tranquilita! ¡Métela en la tienda! ¿Tú ves qué joyas trae la noche?

—¡Híjar! —gritó la mujer.

—¡Eh! ¡Sin escándalos!

El químico observó con impotencia cómo uno de ellos arrastraba a Carmen. La mujer se sintió apresada del pelo, daba golpes a la oscuridad. La introdujeron en un local. Entrevió, cuando el agresor tiró la linterna al suelo, docenas de colgadores con vestidos. Estaban atracando una tienda de ropa.

—¿Y el maromo?

—¡Mételo aquí!

Híjar se levantó a duras penas, el segundo individuo lo condujo a empellones contra la pared. Percibía la barra fría de metal apoyada en su cabeza.

—¡Enfócame! —ordenó el otro. El que vigilaba al químico proyectó el haz de luz sobre la mujer.

Carmen sintió un pinchazo en la espalda.

—¡Tranquilita y acabamos! Después te llevas un montón de ropa. ¡Enfócamela!

Carmen permanecía inmóvil mientras le rasgaba el body. Un objeto punzante le hería la espalda. Sintió el tirón en el pelo. Le levantaba la cabeza y una lengua repugnante le lamía la boca. El miedo la paralizaba mientras la desnudaba. Abrió los ojos y apenas distinguió un resplandor, un techo de escayola con focos empotrados. La mano, con dedos como garfios, le desabrochaba el pantalón y la tocaba con avidez. Sintió la arcada en el estómago y el movimiento convulsivo acentuó el pinchazo en la espalda.

Híjar caviló que no llevaba el hueso roto, aunque el brazo derecho permanecía insensible a causa del dolor. El tipo que lo vigilaba se mantenía a su costado y respiraba ansiosamente. A Híjar le repugnaba aquel jadeo. Tenía que golpearlo con el codo izquierdo, hundir el codo en las entrañas hasta saltarle el hígado. Tomó aliento, embutió la cabeza y disparó el codo con todo su poder. El tipo soltó la linterna y se plegó. Fugazmente vio al violador que se volvía hacia él con una navaja en la mano. Las linternas estaban en el suelo. Cogió la barra y, a ciegas, lanzó un golpe. No impactó contra el enemigo. Adivinó el aire de una sombra y batió la oscuridad de arriba abajo. Sonó un ruido sordo y un quejido. Ojalá le hubiera abierto el cráneo. Carmen, empuñando la linterna del agresor, mostraba la salida.

Corrieron por una acera extraña. Híjar la notó semidesnuda contra sí. Se quitó el jersey y se lo ofreció.

—¿Estás bien?

Ella no contestó. Corría abrazada al químico mientras se limpiaba la boca conteniendo el asco. Buscaban la siguiente esquina, enfocaron la placa. Aquella calle terminaba en el Iboa, pero un kilómetro más abajo de lo que creía el químico.

Ascendieron hasta dar con la desembocadura del Huerva y caminaron por la calle Riera, paralela al río. Híjar distinguió las débiles luces de su empresa entre moles negras. La lluvia mullía la oscuridad. No era habitual que sólo funcionaran las baterías de red y las luces de emergencia de Coxa.

Ella iluminaba la acera, batida por las salpicaduras de los aleros. Un sonido hiriente y repetido. Híjar advirtió que Carmen caminaba con los pies descalzos.

Estaban a poco más de un cuarto de hora de la Avenida. Llevaban una barra de hierro y una linterna, iban armados.

Dieciséis

Carmen atajó por la calle de las Armas. Llevaba los pies entumecidos, sólo sentía un dolor difuso en las plantas. Sabía dónde se encontraba y guiaba a Híjar. Conforme avanzaba la noche disminuía la gente, pero los grupos, más peligrosos, actuaban con objetivos definidos. Se habían roto las barreras legales, los ocupantes de la calle eran ladrones, asesinos o violadores. Los intimidaban las visiones que descubría la linterna. Vieron a una mujer con los brazos abiertos caída sobre el escaparate de una joyería. Un disparo a bocajarro le había deshecho la cabeza. Carmen tiró del brazo de Híjar, enfilaban hacia Predicadores. La noche sucia había establecido una extraña complicidad entre ellos.

Carmen empujó una puerta de reja negra y se detuvo en el descansillo. Apagó la linterna y se apoyó en la pared, por fin no los azotaba la lluvia. Híjar, agotado, oía la respiración entrecortada de la mujer. Tal vez ella dudara de meter a un extraño en su casa. Había mencionado a un hermano.

Carmen le buscó la mano y ascendieron las escaleras. A tientas la mujer abrió la puerta, probablemente de un tercer piso, y entraron.

—¿Carmen? —la voz estaba lastrada por el desaliento.

—Soy yo, papá.

Híjar se sintió incómodo, pero ella lo cogió de la mano y lo condujo a la habitación. Una vela alumbraba el rostro de un viejo yacente.

—¿Y Jaime? —preguntó la joven.

—Tu hermano anda robando, como todo el mundo. Ha debido de llenar la bodega esa donde trabaja y ahora sube televisores y aparatos electrónicos al piso. Estaba preocupado, ya lo conoces, te ha maldecido varias veces.

Híjar descubría un timbre desesperanzado en la voz del viejo.

—Traigo a un amigo, pasará la noche aquí. En el barrio asesinan a la gente.

Carmen condujo a Híjar a una habitación pequeña, encendió una vela y lo invitó a sentarse en la cama pegada a la librería. Apenas había espacio. La mujer volvió con una toalla y le secó la cara. Después le quitó la camisa y le enjugó la espalda y el pecho. El químico miraba los pies de Carmen.

—Sécate y ponte esto.

Le dejó ropa sobre las rodillas. Híjar observó la diminuta habitación ocupada por una estantería repleta de libros y una cama adosada. Se desnudó y se secó los pies. Ella se lavaba en el baño contiguo. Los ruidos se percibían nítidamente, aquel piso tenía las paredes delgadas. De pronto oyó la agonía de una arcada. Carmen vomitaba y a continuación se lavaba la boca. Se oía incluso la fricción del cepillo contra los dientes. Híjar se palpó el hombro y meditó sobre la insólita situación. Se hallaba en una casa ajena, poblada por olores de humedad y jabón de hierbas. Cada vivienda tiene un olor peculiar, aquel le recordaba al piso donde pasó su infancia. Estaba sentado en una cama con un bastidor de muelles, la ropa seca se pegaba al cuerpo y la lluvia no le caía encima.

Carmen seguía lavándose la boca, se frotaba los dientes con rabia. Pudo lavársela veinte veces.

Alguien abrió la puerta del piso y preguntó:

—¿Ha venido?

—Sí —contestó el viejo.

—¡Joder! ¿Y dónde te habías metido, hostia? ¿Me oyes? ¡Eres única! ¡La única anormal e inconsciente que hay en el barrio y me toca como hermana! ¿Me oyes?

Híjar permanecía sentado en el borde de la cama. Se negó a apagar la vela para ocultarse. Tenía que ser el hermano, el que Oliveira despedía. Una noche representaba una vida, modificaba los puntos de vista. El olor a jabón de hierbas era penetrante. El joven seguía gritando a la puerta del baño.

—¡Y encima dicen que Coxa arde por los cuatro costados! ¡No me viene el paro rotativo! ¡Me llega el hambre! ¡Me cago en todos los dioses!

—Deja ya de robar, Jaime. No vuelvas a salir —aconsejó el viejo.

—¡Si me despiden montaré un taller en esa bodega! ¡A ti te están robando! ¡A ti te roban la salud los hijos de puta!

El joven cesó de maldecir y a continuación se oyó el portazo. Híjar caviló que si Coxa ardía tal vez su nuevo destino fuera Túnez. Pablo, al menos, estaba a salvo. El químico se sintió como un ladrón, alguien que invade la intimidad ajena, una intimidad con resabios de madera húmeda. De nuevo Carmen se frotaba los dientes. Escuchó claramente la voz del viejo:

—Mi hijo está loco. Loco de juventud, de vida, pero loco, ¿me oye?

El químico dudó. Se encontraba confuso, el hombre le hablaba con familiaridad. Por fin respondió al vacío:

—Sí, señor, lo oigo.

Cesaron los lavatorios en el baño. La voz áspera comentó a destiempo desde la habitación contigua:

—Le sobrevino por la elepeese, por eso. Siempre fue un chico singular e hipersensible, pero ahora está furioso contra el régimen. Parece que va a enloquecer, pero lo superará. Son los arrebatos de la juventud, que busca un ajuste con la realidad. ¿Comprende?

Híjar permaneció callado. El viejo manejaba un vocabulario inusual. Resultaba extraño hablar casi a oscuras. El piso era pequeño y de paredes tan débiles que parecía que convivían en la misma habitación. Oía la respiración del hombre. Híjar pensó en la elepeese, ¿se refería a La Puta Salud? Miró en torno y descubrió el cartel gigante que ocupaba el techo de la habitación. A la luz de la vela se vislumbraba una banda negra, aunque en el extremo serpenteaba un resplandor amarillo.

Carmen regresó a la habitación vestida con un camisón corto. Inmediatamente apagó la vela y cerró la puerta.

—Acuéstate. Tenemos que dormir aquí. Mi hermano duerme en el sofá del comedor, no tenemos otro sitio.

Híjar se acostó boca arriba, apretándose contra la librería. La cama era estrecha y notó el rostro de la mujer junto a su hombro dolorido. La lluvia caía sobre las aceras con un rumor monótono. Comentó:

—Es agradable la ropa seca.

Un largo silencio. Ella, echada de costado, respiraba mansamente. El químico reparó en los dos contactos livianos: el aliento en su hombro y los nudillos de la mujer en su antebrazo. Pidió con un tono delicado:

—Háblame.

Carmen no contestó. Transcurrieron unos segundos. Ella acercó las plantas de los pies, heladas, a los pies de Híjar. Sentía alivio y calor.

El químico permanecía inmóvil, olvidó el dolor del hombro y se concentró en el tacto de los pies. Era un nudo furtivo que enlazaba a dos personas agotadas.

—¿De qué? —La voz de Carmen sonaba desfallecida.

—De la elepeese. —Los ojos abiertos de ambos tejían la oscuridad—. La que saca de quicio a tu hermano. Eso ha dicho tu padre.

A Carmen le sorprendió el tono de voz del químico, despojado de altanería. Hablaba sencillamente. Preguntó:

—¿La Puta Salud?

—Esa.

Híjar sabía, a través del programa televisivo *Celulitismix*, que un amplio sector denominaba así a la Ley de Participación Sanitaria. Carmen callaba. Él prosiguió:

—Igual soy un gilipollas apalancado que no se entera.

—Seguro. Pero habla en voz baja. Este piso no tiene tabiques —rogó ella.

El químico cobijó los pies de la mujer bajo los suyos. El gesto contenía una evocación de ternura. Ella explicó:

—Mi padre entró en hemodiálisis hace tres años. Su cuota de participación, según los baremos esos de las pensiones, es del quince por ciento de los costes. Le falta un año para cumplir sesenta y cinco, entonces sólo pagaremos el cinco por ciento del importe de la diálisis. Pero ahora supone mucho dinero, el sueldo de mi hermano íntegro... —Carmen se calló bruscamente. A Híjar le pareció una pausa dramática, quizá no volviera a hablar en toda la noche. Después añadió—: Me desagrada hablar de esto. Te sentirás un rico estúpido, lo que eres. Y no me gusta mendigar.

Hablaban a oscuras pero el roce de los pies facilitaba la palabra.

—¿Recuerdas a la tía que protagoniza el anuncio de los vaqueros Alternativos en la televisión? —preguntó el químico.

Carmen guardaba silencio. A Híjar le complacía que respirara junto a su hombro. Le confesó:

—Era mi mujer. Me abandonó. Tengo un hijo de catorce años, le gusta la montaña, como a mí.

—Yo la odio. Amo la playa.

Híjar sonrió. Durante la cena ella habló de alpinismo con fervor. Hacía una eternidad que conoció a una camarera con el culo altivo.

El contacto del cuerpo femenino lo confortaba. Le parecía que su mundo se resquebrajaba pero amanecía otro. ¿Qué habría sido de Adela? Se habría enclaustrado a la espera de las palomas. Coxa ardía. Su antigua empresa de explosivos lo volvería a admitir. De pronto ella rogó:

—Ahora, cállate —goteó el silencio—. Procura dormir.

Lo aliviaba la voz de Carmen. La mujer introdujo la mano bajo su camiseta hasta apoyarla sobre el vello del pecho.

A Carmen le extrañó la espontaneidad de su propio gesto. Había visto el pecho oscuro del químico cuando le quitó la camisa. Su mano, autónoma, había buscado cobijo. Bajo la piel de la sábana se sintió segura y se dejó llevar por un sueño, denso como la grasa.

Transcurrió media hora. Los ojos de Híjar, acostumbrados a la oscuridad, descubrieron una pequeña ventana enmarcada por la librería. Fuera seguía lloviendo. De pronto ella gritó y se sentó en la cama. La oyó escupir y restregarse la boca con la sábana. Permaneció unos segundos sentada en la cama. Después, lentamente, se acomodó en la posición anterior. Híjar notó la mano en su pecho y percibió el aliento en el hombro dolorido. Él, con cuidado, como si temiera espantar una bandada de pájaros, volvió a cobijar los pies de la mujer.

Diecisiete

Poco antes de las seis de la mañana el Tigras se asomó a la puerta y miró la ribera. El nivel del río Huerva se mantenía. Imaginó que el Iboa podía ser un toro ciego capaz de arrasar lo que encontrara a su paso. Caía una lluvia débil, de agujas, y el cielo como un túnel. ¿Cuándo darían la luz? Al amanecer entraría la pasma en el barrio y se encontraría la cascada madre: la tira de muertos en las calles. Los ladrones dormirían con la entrepierna caliente porque habían llenado la casa. Nunca había pensado en largarse del barrio, pero quizá había que vivir al lado de los apalancados. Quimicox sería un mal rollo. Dirigió el foco de la linterna hacia la cama de su hermano: el Besos sobaba como un santo, al abrigo del desparrame. La Vibo vigilaba su sueño. Una baba blanca que dependía exclusivamente de él. Pondría calefacción en el taller, comenzaba a hacer frío allí.

Caminó por la ribera y vio luces ahogadas en la oscuridad: los pilotos de Coxa. Aquellos cabrones nunca se quedaban sin luz, se la producían. La claridad de piedra comenzaba a entreverse detrás del río. Salió al puente con la linterna apagada y notó el olor a medicamento, más intenso que el habitual. La fábrica despedía el pestazo de un pudridero. Allí habría módems, pero seguro que la planta permanecía nuevecita, disponían de una brigada de romanos para custodiarla. Oyó el ruido de un helicóptero o un avión lejano.

A Arturo Yesa le pareció que la luz abortada del horizonte temblaba. ¿O era humo? Caminó hacia la fábrica y la humareda le adormeció el olfato. Varias naves de la planta de Coxa se habían quemado, aunque el edificio de dirección, con el piloto rojo en lo alto, se mantenía intacto. Cuando llegó a las vallas que rodeaban la factoría, advirtió que un trecho estaba aplastado. Se acercó con sigilo al puesto de vigilancia y al echar una ojeada a la cabina se sobresaltó. Un cuajo negro de sangre taponaba el agujero de la frente de un vigilante. Le dio miedo la boca espantosamente abierta del muerto. Otros dos yacían boca abajo, tiesos. Ningún ruido alteraba el silencio, sólo permanecía el tufo denso y asfixiante.

Corrió por la explanada de grava y se dirigió hacia la escalera de seguridad. Se la estaba jugando por una chorrada, podía comprar un módem guapo, pero sentía curiosidad, nunca había pisado la planta. Subió la escalinata amortiguando los pasos, los escalones metálicos cantaban al mínimo golpe. Llegó fatigado a la cúpula. En el interior de la planta se oía el runrún de motores eléctricos. Descendió un par de pisos con movimientos felinos y la mirada alerta. Llevaba al trote la máquina del pecho. Los despachos se conservaban en orden, allí no había entrado la tribu a mangar. Se introdujo en una oficina y miró la pantalla del ordenata. Una palabra fulguraba de modo intermitente: Emergency. El ordenador no estaba conectado a un módem. En la sala contigua brillaba una pared forrada de pantallas que emitían nieve. Parecía un estudio de televisión o una unidad de vigilancia. Entonces lo descubrió. El rostro del segurata tenía los ojos turbios y en la boca se retorcía el moratón del ahogo. Lo habían estrangulado con una corbata.

Desanduvo el camino y buscó la salida. Temió haber dejado los dátiles en el ordenador que había manipulado, pero la pasma no tenía su ficha actual. Aquella movida era gorda, muertos por todos los lados. Nunca había soportado la visión de un fiambre, un canguelo le recorría la espalda. Empujó la puerta que daba a las escaleras, encendió la linterna y reparó en el maletín. Estaba arrinconado detrás de la puerta, era igual que el que llevaba el pichafría del psicólogo. No iba a entretenerse mucho tiempo, en cualquier momento podría llegar la pasma. Lo abrió, un lío de máquina con una pantalla y tripas complicadas, basura. ¿Lo habría perdido el psicólogo?

El pestazo del aire le llenó los pulmones. Enfocó el primer tramo de las escaleras y descubrió un charco de sangre. Allí había habido un cirio de alto nivel. Se detuvo y enfocó en torno. Sobre la puerta quedaban goterones de sangre. Con un ágil salto, apoyándose en la cornisa, enfocó la azotea. Advirtió la presencia de un zapato entre cajas de embalaje. Se dejó caer en la azotea y lo descubrió. ¡Joder, el psicólogo! Como quien palpa a un bicho, lo golpeó con el pie y el tipo se encogió, aún vivía. Dudó durante unos segundos. Allí estaba, a sus pies, el gran dinosaurio, caído de bruces sobre su propia sangre. Arturo Yesa salva de una muerte segura al director de Coxa. El Tigras imaginó el titular de los periódicos, las letras brillaban como un anuncio luminoso. Con la punta de la bota le volvió el rostro y descubrió la herida de la mejilla. Le habían metido un tiro en la boca. Tomó una decisión. Lo acercó a la cornisa y, desde abajo, tiró de los brazos hasta colocarlo sobre el hombro. Cogió el maletín y descendió con la linterna apagada. Aquel cabrón pesaba como el plomo. Se detuvo al pie de las escaleras, colgó el cuerpo del psicólogo en la barandilla de la escalera de incendios y tomó aliento. Cruzó la explanada, atravesó el puente y ganó la ribera. Había dejado de llover y una luz de lejía palpitaba al otro lado del río. Con el cuerpo del psicólogo al hombro no podía traspasar la puerta del garaje. Lo sentó y lo arrastró de los sobacos para poder subir de espaldas las escaleras del foso.

El Tigras dejó el cuerpo en el centro del taller, se sentó agotado en la butaca y lo enfocó con la linterna. Aquel tipo podía valer un pastón si no la palmaba. En caso de que cascara lo echaría al río, no se iba a meter en follones. Observó el temblor del psicólogo, quizá agonizaba. Se oían sirenas de ambulancias. Arturo Yesa sacó el camastro del despacho, desnudó al director y lo acostó bajo una manta. Le había caído el diluvio encima y estaba helado.

Dieciocho

La lámpara del techo se encendió a las siete de la mañana y despertó al químico. No podía dormir con luz, Tina decía que tenía los párpados transparentes. Tardó un segundo en recomponer la situación: una bombilla desnuda alumbraba la diminuta habitación y el hombro inflamado le ardía. Recordó la pesadilla de la noche anterior, le habían destrozado el coche y había conocido el lado real de aquella mujer que dormía a su lado. El techo de la habitación estaba ocupado por una franja de cielo nocturno que se elevaba sobre el horizonte de una ciudad. Era una manera original de despertar, la fotografía de la noche estrellada atraía la mirada. Sólo un objetivo parabólico, abierto durante varios minutos, podía captar aquella imagen especial.

Quizá se iniciaba una nueva relación. La ilusión germinaba en su interior. Habían reparado el suministro eléctrico y no se oía el repiqueteo de la lluvia, regresaba la normalidad. ¿Coxa estaba ardiendo? Por la ventana, enmarcada por la librería, aún no penetraba la luz del día. Notaba la respiración plácida en su hombro, ya no cobijaba los pies de la mujer pero la mano seguía sobre su pecho. Sin moverse ojeó los libros: clínica general de las fracturas, gastroenterología. Una balda estaba ocupada por docenas de estuches, cajitas y pequeños cofres. Observó las constelaciones sembradas ante su mirada. Sobre el halo amarillo que desprendía el perfil de la ciudad reconoció la Osa Menor. En la vertical de los ojos fulguraban estrellas que componían una *uve* doble. Deseó ver el rostro de Carmen. Giró la cabeza lentamente y lo sorprendió la rasgadura de unos ojos negros que lo miraban. Ella susurró:

—Casiopea. Está encima de tu frente. Dudé entre la medicina y la astronomía. No me digas, como mi hermano, que no tienen nada que ver.

Híjar advirtió la humedad de los ojos de la mujer. Siempre había mirado el culo y las tetas de Carmen pero nunca se había fijado en la película líquida de su mirada. Intentó volverse y lo paralizó el dolor del hombro. Carmen lo observaba con serenidad.

—¿Cómo es tu hijo?

—Montañero. Fue campeón infantil de esquí de fondo.

La carnalidad de la boca de la joven lo excitaba. Cerró los ojos. Ya no era una máquina de follar sino una mujer de ojos acuosos. Si él continuaba en Coxa no despedirían al hermano.

Ella enredó los dedos en el vello del pecho. Híjar recordó los colchones de lana de su infancia. Carmen le acariciaba el pecho y él permanecía con los ojos cerrados. Pensó en el vértigo que encerraba una noche, la vida podía cambiar repentinamente.

Carmen le extrajo la camiseta, los muelles del colchón chirriaban, y le miró el hombro inflamado. Cuando lo sacó de la cama y lo acostó de espaldas en el estrecho espacio entre la pared y el lecho, le impuso silencio con un gesto. Híjar notaba la frialdad de las baldosas. Su ropa, todavía húmeda, estaba en el suelo, junto a su costado. La mujer se despojó del camisón y se acostó sobre él.

Híjar notó el cuerpo desnudo, tibio de sueño, pegado

al suyo. La joven escondió el rostro en el cuello del químico y permaneció inmóvil. Él, con timidez, le acarició la nuca. Pese al impulso del sexo no se atrevió a abrazarla, la dejó reposar sobre él. Híjar percibía el aliento acompasado de Carmen en su oído. Era una mujer extraña. Transcurrieron los minutos y notó el ritmo creciente de la respiración de ella. Mucho tiempo después advirtió que el cuerpo de la mujer palpitaba excitado.

De repente Carmen le volcó la boca en su boca. Él sorbía el labio inferior de la joven, el animal vivo de su lengua. Vio los pechos que le rozaban la cara cuando ella le tomaba la cabeza y lo apretaba contra sí. Carmen resbaló sobre él, abrió los muslos y se acopló a su sexo con una intensidad tosca. De súbito cerró las piernas y el químico sintió su pene atrapado en una pinza cálida. La mujer lo amordazó con las manos para ahogar el jadeo final. Híjar, como si la madrugada lo devolviera a los quince años, mantuvo la erección mientras ella se agitaba durante varios minutos. Por fin Carmen se deshizo en mordiscos en su cuello.

A Híjar lo asombraba el estallido de juventud. Permanecieron con los cuerpos amontonados en el estrecho espacio, rendidos. Carmen se levantó para apagar la luz y él contempló la piel tersa de geles, el anillo de carne del ombligo y los pezones magullados. La mujer apagó la luz y se acostó de nuevo sobre él.

Diecinueve

El Tigras oyó la puesta en marcha de la nevera: vino la luz cuando clareaba el cielo. Pulsó el interruptor y comenzó a hacer balance del apagón. Tenía la despensa llena, había visto a la gente con las amarras sueltas, y tenía al pez gordo, al chulo que miraba a los demás como si fuera Dios. No se conformaría con una propina, incluso podría salir en la televisión por haber rescatado a aquel tipo. Los periodistas, tal vez la rubia de las noticias, le preguntarían cómo se había atrevido a acercarse a la fábrica.

Descolgó el teléfono y llamó al Zuri. No eran horas pero el asunto lo requería. El aparato no daba señal. En cuanto el Besos se sentó en el borde de la cama descubrió la novedad. Sin pronunciar palabra se acercó al camastro del psicólogo con curiosidad.

—¡Mira, tato!

El Tigras asentía mientras el Besos señalaba nerviosamente la herida de la cara.

—¡Tato, está malo! ¡Tato, mira!

Arturo Yesa deseaba que el pichafría recobrara la lucidez. Ahora sería él quien lo mirara desde arriba y le dijera: estás jodido y muerto de frío. Dependes de mí.

—Tato, ¿a la doctora Peralta?

El Besos cogió un zumo del frigorífico y se admiró de

los montones de comida. La doctora Peralta realizaba el seguimiento del Besos trimestralmente en el centro de salud. El Tigras conectó el televisor. El tipo que salía en la pantalla, con una jeta de entierro, decía que Coxa había sido asaltada por un grupo terrorista islámico. ¿Los moros habían preparado aquel reventón? ¿Estaba el Zuri al tanto de la movida? En el televisor apareció una foto fija de la plaza de la Audiencia y seguidamente pasaron al directo. ¡Las cámaras sacaban imágenes del barrio! Zapeó y comprobó que la información de todos los canales, la noticia estrella, era el asalto a Coxa. ¡Donde él había estado hacía un rato! O sea, que había sido un moro quien le pegó un tiro en la boca al pichafría.

Arturo Yesa vio cómo el Besos cogía un algodón del botiquín y restregaba la herida del psicólogo.

Oliveira sintió el ramaje del dolor que nacía en la mandíbula y descubrió unos ojos mongólicos frente a su rostro. Se incorporó con el sabor metálico de la sangre en la boca. La debilidad le segaba la alerta mental y se dejó caer sobre el lecho. Abrió los ojos y, en la neblina de la lucidez, distinguió al Tigras, sentado a unos metros y armado con una sonrisa prepotente. La invasión de la planta, el disparo, la pérdida de sangre... La lucidez lo aterró, existía la posibilidad de un deterioro irreversible.

—Por favor, ¿está el glucómetro?

Al Besos lo sobresaltaron las palabras balbuceadas y se apartó unos metros. Continuó bebiendo zumo.

—¿El maletín? —interpretó el joven.

Arturo Yesa se lo acercó. Observó cómo el psicólogo, después de realizar un enorme esfuerzo para sentarse en la cama, se pinchaba en un dedo, conectaba la minibatería y aparecían valores en la pantalla.

Oliveira reparó en las ampollas de insulina retardada, estaban rotas en el fondo del maletín. Necesitaba ingresar rápidamente en una clínica. Se inyectó insulina transparente y pidió leche. Apenas podía abrir la boca. ¿Cuál era la situación? ¿Cómo había llegado allí? En la mirada del muchacho que lo observaba brillaba una lumbre, un rencor caliente e irónico. Se tomó el pulso, tenía fiebre a causa de la infección de la herida. ¿Cuánta sangre había perdido?

—¿Qué ha ocurrido? —alcanzó a preguntar. Se palpó la boca. El disparo se había llevado las crestas de dos muelas, tal vez había alcanzado la mandíbula. En el interior de la boca la herida parecía limpia, pero la bala había producido una desgarradura de salida. Notó los pies helados. Aquella herida no cicatrizaría.

El Tigras, sentado frente a él, jugueteaba con la linterna.

—Fui a dar una vuelta por tu imperio. Está ardiendo. Vi ese maletín, eché una ojeada a la azotea, pura chorra, y te vi. Una casualidad guapa. Te traje aquí.

Oliveira intentó tragar leche. Advirtió un ligero aflujo de tono vital. Si se hundía, en una semana el deterioro sería irreversible. En aquellos momentos dependía de aquel sujeto. Respondió y lo observó.

—Gracias.

El joven reaccionó con incomodidad al agradecimiento, una mueca despectiva en los labios, actitud defensiva, y contraatacó hostigándolo:

—Dicen que eres un hijoputa fino. A mí me pareces un bicho raro, sin más —afirmó el Tigras.

Refuerza el talante ofensivo para ocultar su admiración. ¿Qué ocurría fuera? ¿Cómo había acabado la invasión de la factoría?

—¿Por qué no me dejaste allí? —preguntó Oliveira.

Concentración de la mirada del muchacho, sonrisa displicente.

El Tigras tardó en contestar. Se golpeaba un muslo con la linterna. Preguntó a su vez:

—¿Cuánto me darán por ti? ¿O cuánto me darás tú? Recuerda que no estás para darte un garbeo. Llevas una hora temblando.

Oliveira extraía conclusiones: el móvil económico no era prioritario. La actitud ofensiva encubría la atracción, el joven se apostaba a la puerta del Clan para mostrarse. Intentó elogiarlo, mostrarse sincero y ofertar:

—Has analizado mi situación correctamente. Te ofrezco mi amistad. Aunque también, es cierto, tengo mucho dinero.

—¡No jodas! ¿Tu amistad? ¿Y qué hago con ella? ¿La enmarco?

—Tato, que beba.

El Besos se acercó a Oliveira y le puso el tetrabrik de leche junto a la boca. A Arturo Yesa le molestó el gesto afectuoso de Rubén. Le dieron ganas de soltarle una bofetada. Conjeturó:

—Igual la espichas y no vales nada.

Oliveira optó por la vía de la sinceridad. Urgía tomar decisiones.

—Soy diabético, las heridas cierran con dificultad y pueden gangrenarse. Si permanezco aquí mis probabilidades de morir son altas.

—¿Y qué quieres? ¿Que te lleve al centro de salud y después me envías una postal? Podemos negociarlo. ¿Qué me ofreces si te llevo al hospital? Me recibirán como a un supermán, les traigo con vida a la mejor prenda. —El Tigras lo observó. Igual se le moría allí mismo. Añadió—: Dicen que le chupas la personalidad a la gente, como una sanguijuela. Conmigo no podrás.

—Desconozco la situación exterior.

—Cojonuda. Anoche todo el barrio se dedicó a robar, pillamos la de dios. Vi incluso, alucinante, cómo unos tipos sacaban un ataúd de la funeraria de ahí al lado. La hostia. En tu imperio hay fiambres, los de la tele dicen que un grupo terrorista asaltó la fábrica, un grupo de moros. Hace un cuarto de hora que las ambulancias de la Cruz Roja van recogiendo muertos por el barrio. O sea, un cirio guapo.

—¡Pon la radio! ¡Enciende el televisor!

El Tigras miró con curiosidad al tipo que le daba órdenes. Llevaba la cara torcida, un boquete negro en la mandíbula, apenas podía hablar y temblaba. Sin embargo no perdía la chulería ni el control. Huevos no le faltaban.

Oliveira añadió:

—Por favor.

El Besos conectó el televisor. Apareció en un rincón de la pantalla el anagrama de Telecable: «... sin confirmar. El ministro del Interior viaja en estos momentos hacia la ciudad, pero ha manifestado que apoya la decisión adoptada por el alcalde, Néstor Sodio, de cerrar el barrio. El grupo terrorista islámico se ampara entre las cincuenta mil personas que habitan el barrio popularmente conocido como Quimicox. Los terroristas islámicos usaron en el ataque a la planta de Coxa la misma munición, el 22 largo, que emplearon en los asesinatos que sacudieron durante los meses anteriores al barrio».

Oliveira hizo un gesto y el Tigras cambió de canal. Visa mostraba imágenes de cadáveres. «... que en estos momentos comienzan a llegar, manifiestan la magnitud y efectividad del ataque terrorista. La cinta de vídeo de un aficionado, aunque confusa a causa de la lluvia y la oscuridad, confirma la autoría. Se trata de un grupo islámico, que se ampara entre los diez mil inmigrantes legales que viven en Quimicox. Fuentes policiales consideran que el número real de magrebíes se acerca a los dieciocho mil, dada la atracción que las empresas textiles del padre Novoa han suscitado entre los inmigrantes. Por otro lado, los incidentes callejeros, favorecidos por el apagón y el temporal, ocasionaron treinta y siete muertos, entre los que se encuentra una unidad de la policía, siete guardias de seguridad y población civil. La tragedia...»

—Ya tienes la situación.

Oliveira no lo escuchaba. La hipótesis irracional comenzaba a encajar. El corte de luz del día anterior resultó un ensayo general, la suspensión del turno de noche, el grupo de élite del ejército camuflado de terroristas islámicos...

—¡Me estás escuchando! —gritó el Tigras.

... Coxa recibiría indemnizaciones para cambiar la planta a otro lugar. Con la excusa del atentado, el PDP pondría en marcha medidas drásticas para normalizar el barrio. La deuda de la campaña electoral del Partido Demócrata Puro quedaría amortizada, favor por favor. Una operación temeraria y brillante. Se acordó de Costa. Y él cometió el estúpido error de permanecer en la planta en el momento inadecuado, era el único testigo, el individuo que había que eliminar. Sólo le quedaba una probabilidad: conectar con un grupo de medios de comunicación: *Intervén* y la línea de editoriales, el Grupo Telecable con sus periódicos, o Inforonda, con su cadena de televisión Visa y numerosas revistas. Sin embargo, la magnitud de la acción le daba un cariz increíble. Solicitó:

—Déjame el teléfono.

—No funciona. Parece que está cortado.

—¡Sal, compruébalo! —exigió Oliveira.

—¡A mí no me des órdenes, gilipollas!

—Por favor. Es vital —rogó el psicólogo.

—Claro. Haces una llamadita y me envían aquí a toda la pasma. Incluso me pueden acusar a mí de haberte hecho la fiesta de la cara. Sería cojonudo que acabara en el trullo por ayudarte.

—¡Átame, amordázame! Pero ¡sal y comprueba si funciona algún teléfono! —gritó el psicólogo.

El Tigras lo miró con curiosidad. Oliveira añadió:

—Te aseguro que tú también te juegas la vida. No se la perdonarán ni siquiera a tu hermano.

—¿Sí? A mi aire me la juego todos los días.

El Tigras, no obstante, buscó la cadena de la moto antigua. Ató los pies de Oliveira a la cama y pasó el candado por dos eslabones.

—¿Es malo? —preguntó el Besos.

—No, Rubén. Pero se quiere ir y está enfermo. No te acerques a él, no hagas caso de lo que te diga. Voy a echar un vistazo.

El barrio estaba desierto. A la luz de charca del día la Avenida estaba arrasada. La gente había plegado bártulos y se encerraba en casa mirando el televisor y custodiando el botín. Los teléfonos de las cabinas públicas tampoco funcionaban. Las ambulancias recorrían la Avenida. El Tigras llamó en el piso de Blasco, tenía un teléfono móvil. El vecino le explicó que se oían interferencias y que únicamente había conseguido llamar dentro del barrio hacía dos horas. Resultaba imposible llamar al exterior.

El Tigras regresó y le anunció:

—Estamos aislados: no funcionan los teléfonos, ni siquiera los móviles. Un vecino me ha repetido lo que ha oído por la radio: el barrio está copado, rodeado por tropas con tanquetas. Se ve venir, saldremos del barrio en fila y con el carné en la boca.

Oliveira, absorto, analizaba la situación. Lo estarían buscando por toda la ciudad. Era el único que había visto la invasión y podía formular una hipótesis sobre lo que estaba ocurriendo. Una hipótesis inverosímil. ¿Cómo se habían atrevido a tanto? La operación era compleja. Para desarticular la red de antenas que controlaba la telefonía móvil habrían necesitado varias horas. En cualquier caso tendría que aportar pruebas... ¿Habrían encontrado las cintas que arrojó sobre los archivadores superiores?

Abrió los ojos, intentó olvidar el dolor y miró al Tigras.

Arturo Yesa descubrió el cansancio en la expresión del pichafría, el reventón que te mata por dentro. Le dedicó una sonrisa irónica. El psicólogo, con ese mal rollo de los derrotados, sentenció:

—Te has equivocado, muchacho.

Y se derrumbó en el lecho.

Oliveira consideraba que los que habían urdido una operación tan arriesgada, en la que tenían que estar implicados unidades del ejército y parte de los servicios de inteligencia, no aceptarían una salida negociada. Una maraña de implicados que imposibilita señalar al culpable, todo se difumina. Aquella invasión, con docenas de muertos, nacida del acuerdo entre una multinacional y un partido parafascista, necesitaba toneladas de tierra encima. El PDP y la dirección de Coxa habían tramado un golpe atrevido y perfecto. Recordó las palabras de Costa, el médico conocía el proyecto. Quizá hubiera intervenido en el diseño.

El Tigras, con cierta alarma, interrogó:

—¿Qué dices ahora, listo?

Oliveira permanecía con los ojos cerrados. Se acordaba de su padre. Ahogó la cólera en alcohol, se mató a conciencia.

—¡Eh! ¿Qué dices?

Volvió a oír la pregunta alarmada del muchacho. Sin abrir los ojos lo insultó, tenía que obligarlo a actuar:

—Que te has equivocado, estúpido.

Arturo Yesa golpeó la cama y paseó en torno.

—¡Qué te has creído, mamón! ¿Es que no te ves? ¡No estás en tu despacho rodeado de lameculos!

A Yesa le molestaba el silencio del pichafría. Se impacientaba. Lo oyó decir con la voz lastrada por el cansancio:

—Te has encontrado la tarta de fresa y la has metido

en tu casa. No era un regalo, ignorante, sino una bomba que te va a estallar en las narices.

—¡No me digas! ¡Puedo echarte ahora mismo al río Herva! ¡Está ahí, a diez metros de esa puerta! —El Tigras vio a su hermano jugar con el rodamiento. Bajó el tono—. Encontrarán un traje de marca, seguramente con la tarjeta F10 en el bolsillo, flotando en el Iboa.

—Me buscan. Vi la invasión de la planta. No se trataba de un grupo terrorista islámico, como quieren hacer creer, sino de una unidad especial del ejército. Sería largo de explicar.

El Tigras reaccionó. Con un acento helado resumió la situación del psicólogo:

—No sé qué pretendes, pero esa herida tiene mala pinta. No trates de jugar conmigo. En este momento eres una mierda. ¡Y tú, Rubén, deja el rodamiento!

El Besos se ocultó en el antiguo despacho.

—Tú lo has dicho —comentó Oliveira—, no me quedan cartas y tampoco lo entenderías.

—¡Prueba! ¡No soy imbécil!

Oliveira hablaba con los ojos cerrados, y, como si se lo explicara a un periodista, dijo:

—Coxa es una multinacional cuyo futuro se basa en los cosméticos. En la actualidad no existen dificultades de producción, solamente de venta, pero las ventas se resienten cuando Coxa se ve involucrada en manifestaciones de los verdes. El goteo de asesinatos en el mismo barrio donde está instalada la factoría crea asociaciones subliminales. En resumen, se mancha la imagen de la empresa y caen las ventas. —Oliveira calló. Aquel discurso era inútil. Sin embargo, no podía dejarse arrastrar pasivamente hacia la muerte. Continuó—: Segunda parte: Coxa apoya a un partido político cuyo programa le resulta beneficioso: promete normalizar el barrio y que deje de ser noticia. Esta financiación y los contactos entre los máximos responsables de

Coxa y el PDP se produjeron. Desconozco, sin embargo, cómo y cuándo se gestó la operación de la noche pasada. Tal vez fuera una exigencia de Coxa para cancelar la deuda contraída por el PDP. La fábrica se establecerá en otro lugar no conflictivo mediante un plan de indemnizaciones, dado que el gobierno tiene la responsabilidad subsidiaria del ataque terrorista. Los puros tendrán la excusa para ejecutar el primer punto de su programa, expulsar a magrebíes y extranjeros de la ciudad.

El Tigras meditó. El pichafría parecía sincero. Pero aquel tipo era peligroso, un experto en mentir. Comentó con ironía:

—En resumen, que los puros y tus jefes están conchabados. Los dos sacan pasta de esta movida. Encaja, no está mal.

—A mí me eliminarán. Y a ti y a tu hermano por haberme conocido. No deben quedar testigos de una operación sucia. Tenemos las horas contadas.

El Tigras reflexionaba sobre aquel rollo. Seguía jugueteando con la linterna. Razonó:

—Ahora va a resultar que todas las televisiones, todos los periodistas son unos pringados inútiles. Según tú. ¡Y tú eres el sabelotodo, el único que conoce la verdad! ¡Te estás cubriendo de gloria, pero a mí no me la das!

El Tigras dio una patada a la cama con indiferencia y abrió el candado de la cadena que ataba a Oliveira. El pichafría permanecía inmóvil escuchando la radio. Se la tenía que haber acercado el Besos cuando él estuvo ausente. El director preguntó:

—¿Conoces al grupo de inmigrantes que disparaba contra los moteros que los acosaban?

—De oídas —mintió el Tigras. El Zuri a veces le comentaba la movida de los moros, una veintena de pirados jóvenes que asesinaban moteros desde las ventanas y los tejados.

—¿Son capaces de provocar el apagón, conocer los diez códigos de acceso a la planta y asesinar a todos los vigilantes? ¿Por qué lo iban a hacer? En la planta trabajan más de trescientos inmigrantes legales.

El Tigras estaba confuso. Siguió escuchando:

—Y además, a ese grupo lo liquidarán como si fuera un nido de ratas, seguramente hoy mismo para apuntarse un éxito ante la opinión pública, abrir el barrio y normalizar la situación. Esta operación supone un salto al vacío, debe quedar sentenciada dentro de unas horas. Sólo les ha fallado un punto, una casualidad: yo estaba en la planta cuando no debía.

Arturo Yesa miró el televisor y cambió varias veces de canal. Todos emitían imágenes del barrio tomadas desde un helicóptero. Los cadáveres que sacaba la Cruz Roja se amontonaban en los bajos de la Audiencia. Era acojonante: medio mundo estaba pendiente de lo que pasaba a su alrededor. Y él tenía a la pieza clave del asunto. La cámara del helicóptero enfocaba las naves de Coxa que habían ardido, aún salía humo de ellas. Aquellas imágenes estaban grabadas con las primeras luces, justo después de salir él de la planta.

—Pues si es cierto haz algo —dijo el Tigras como un reto.

Oliveira abrió los ojos y lo escrutó. Le quedaban ampollas de insulina rápida y un único canal: un sujeto joven, inteligente y primario, que tenía que salir del barrio para negociar su salvación con el gabinete de abogados de un grupo de comunicación. Nadie escucharía a un marginal que salía de la cloaca con una información explosiva. Cada minuto que pasaba la versión oficial cobraba cuerpo. Llegaría un momento, dentro de unas horas, en que sería irrebatible.

—Pasea por el barrio con tu hermano, es una buena coartada. Abre los ojos. Estudia la manera de sacarme de aquí cuanto antes, tú posees una moto. Ahora reinará la confusión, encontrarás una manera de hacerlo. —Oliveira se palpó la herida y añadió—: Consigue antibióticos, si es posible de algún conocido. Di que tu hermano tiene una infección de muelas. No me nombres. Si me sacas de aquí te haré millonario.

—Coño, qué ilusión. El baranda que manda en el barrio va a forrar al último de la fila. Igual me has contado un rollo muy bonito y te crees que me lo he tragado. Esperarás a que salga por la puerta para largarte, ¿no? Voy a echar la llave. Esa puerta es de chapa de cinco, tardarás unas horas en reventarla. Y no estás para garbeos, te veo con mala pinta.

El Tigras dudaba. Por fin decidió comprobar la situación. Salir del taller no le resultaría fácil al psicólogo, sobre todo en aquel estado. Tenía que ver al Zuri. Los teléfonos seguían sin funcionar.

Oliveira vio cómo el Tigras ayudaba a vestirse a su hermano, un sujeto que padecía el síndrome de Down. Se levantó con dificultad de la cama en cuanto desaparecieron los jóvenes y descolgó el teléfono. No daba señal. Conectó el ordenador e intentó inútilmente usar el módem. Regresó a la cama. Tenía que luchar contra sí mismo, contra el desaliento. ¿Habían desmontado en unas horas las cabezas de la retícula de antenas parabólicas para anular la telefonía móvil? Dependía absolutamente del muchacho. Una amplia maniobra de búsqueda estaría en marcha en aquellos momentos. Los que habían ejecutado el asalto, una minoría del ejército y de los servicios de inteligencia, no podían permitir que él siguiera con vida.

Veinte

El Zuri no daba crédito a lo que veía en la pantalla. Era fascismo puro, el engaño generalizado. Maldecía en voz alta. ¡Afirmaban que un grupo terrorista islámico había asaltado Coxa! ¡Una puta mentira!

A las ocho de la mañana, Jurta, la hija segunda de Araki, le contó lo increíble. Jurta no mentía, estaba loca de dolor, se arañaba la cara. Lo oyó todo encerrada en el armario empotrado de la habitación contigua. Una ambulancia aparcó a la puerta de la vivienda y tres hombres vestidos de paisano subieron en el ascensor. Contaba entre sollozos que pusieron a sus dos hermanos y a su madre contra la pared en la habitación del balcón. Y no miente, está desgarrada, lo contaba con ojos asombrados para que alguien le dijera que se trataba de una pesadilla, que el mundo de los mayores no era así. ¡Está la sangre! ¡No están ellos! Araki, el padre, debía permanecer en el centro de la habitación. Le preguntaban por el grupo de El Jadida y él mantenía que no lo conocía. ¡Conocía a cada uno de los componentes, pero nunca tuvo nada que ver con el grupo de jóvenes que decidieron defenderse de los moteros, nunca empuñó un arma! A la primera negación le metieron un tiro en la nuca al hijo menor. ¡Sin avisos, sin otras amenazas! ¡Asesinaban a la gente en su propia casa!

¡Y Araki residía legalmente en España, tenía contrato de trabajo! Jurta afirmó que su padre comenzó a dar nombres y domicilios, que lloraba mientras hablaba. Contó todo lo que sabía, lo oyó Jurta. Cuando lo asaltaba una duda disparaban. Hasta que quedó él solo en el centro de la habitación. No lo mataron, necesitan rostros para exhibirlos en televisión, para decir que han cazado a los terroristas. Asesinarán al grupo de El Jadida y a los jóvenes que siguen al Libio, montarán la gran infamia. Jurta asegura que estuvieron poco tiempo, que todo fue muy rápido. Y ella se metió un trozo de vestido en la boca para no gritar. Salió del armario cuando la falsa ambulancia aullaba en la calle, se llevaba su carga de muertos y un culpable, un supuesto colaborador del comando terrorista. ¡No funcionaban los teléfonos! ¡Ni entraban los periodistas al barrio! ¡Ni siquiera podía ponerse en contacto con la secretaría del sindicato!

Carmen, apoyada blandamente en el cuerpo de Híjar, oía el rumor de la televisión y los gritos de su hermano: terminaría enloqueciendo. Pensaba que se acababa de acostar con un hombre al que consideraba, hasta ayer mismo, un mirón ventajista. Recordó el brusco tirón con el que la sacó del coche, había actuado con decisión en las dos situaciones violentas: cuando atacaron el coche y cuando intentaron violarla. Llevaba una noche con él y le parecía conocerlo desde hacía tiempo. Compaginaba el lado tierno, su hijo, el abandono, con un arrojo impropio de un ejecutivo acomodado. Le agradaban las manos fuertes de uñas cuadradas y limpias. En aquella posición se encontraba a salvo.

Entonces sonó el timbre de la puerta. Un segundo después volvió a sonar con insistencia y Jaime abrió la puerta. Ella se levantó y se puso la bata. Escuchó con claridad la voz de un desconocido:

—¿Carmen Zuriabeitia?

Y la contestación altiva de su hermano:

—¿Quiénes son ustedes?

—Policía. ¿Carmen Zuriabeitia?

—¡No traspasen la puerta! ¡Necesitarán una orden de registro!

Híjar oyó el quejido de dolor del hermano cuando Carmen salía de la habitación.

La mujer vio a Jaime en el suelo con la boca ensangrentada. Dos hombres la apuntaban mientras otro, más bajo, de barba rala, la interrogaba.

—Carlos Híjar, director químico de Coxa. ¿Dónde está?

—¡Y yo qué sé!

El bofetón la cogió desprevenida y se tambaleó. A Híjar sólo le dio tiempo de deslizarse bajo la cama arrastrando su ropa. Parecía un delirio colectivo.

El interrogador realizó un gesto y los otros dos se dirigieron a las habitaciones con el arma por delante. Vieron al viejo acostado, la estrecha cama de Carmen y el servicio vacío. Regresaron al comedor.

—Ayer estuviste en el piso del director químico, están tus huellas. Cuéntame con detalle los pasos que diste —exigió el hombre de baja estatura.

Carmen dudaba. Observó los ojos redondos del tipo que preguntaba. Tenía la barba crecida y los ojos de pez. Unos nudillos se le incrustaron en el pómulo y cayó sentada. La levantaron con brutalidad y vio de nuevo los ojos extraños. El dolor la aturdía.

—Fui con él, dejé que follara conmigo a cambio de un favor —comenzó a sollozar. Se tapaba la cara—: Van a echar a mi hermano de Coxa, le pedí que echaran a otro.

—Bien, eso ya lo sabíamos. Sigue.

La mujer se apoyaba en la pared, se llevaba las manos a la cara.

—¡Sigue! —la apremió el tipo bajo.

—Me trajo al barrio en su coche, no sé, tal vez a las

dos de la madrugada. La gente se echó sobre el coche, estaba todo a oscuras, estos ejecutivos llevan automóviles caros. En cuanto frenó me largué. La gente estaba furiosa, lo sacaron del asiento... No sé más.

—Le pediste que te invitara a una copa en el Clan y os fuisteis juntos, ¿a algún sitio del barrio?

Carmen dudó un segundo. Habló con desdén:

—Ese cabrón odia este barrio. Me llevó a un restaurante de lujo, el Monte Perdido.

El que interrogaba realizó un gesto y otro comenzó a llamar por un extraño transmisor.

—Bien, comenzamos a entendernos.

El Zuri se levantó e intervino:

—¡Zorra! ¿Cómo puedes ir con esos cabrones?

—¡Cállese! —el culatazo en la sien fue enérgico. El Zuri se retorcía en el suelo.

—Carmen, ¿tú sabes si el director químico habló de volver a la planta? —el interrogador tenía las pupilas mates, un pescado muerto.

—No dijo nada. Yo sólo era... eso, una puta para él. —Carmen comprendió que no lo habían descubierto. Ponía un énfasis despectivo cada vez que mencionaba a Híjar. Notaba el pulso frenético—. Fue humillante. Yo les sirvo la comida y ellos, él y otro alto cargo, me miran el culo y eso. Me dan asco. Nunca hablan conmigo, únicamente me quieren para la cama. ¡Ojalá haya muerto! Un grupo empezó a golpear su coche y lo sacaron del asiento.

—Eso es, continúa. Tienes que recordar cualquier detalle. Nosotros lo cogeremos.

—No lo volví a ver, me bajé del coche y empecé a correr. Estaba oscuro y llovía mucho. Yo me conozco el barrio y corrí hacia aquí. La gente iba desenfrenada, unos intentaban volcar el coche. En su piso, antes, cuando estuvimos allí, me dijo que vería lo que podía hacer por mi hermano. Me aseguró que si aquellas noches se repetían quizá pudiera influir en Oliveira. El otro tipo que come en el bar se llama Oliveira, aunque le llaman el psicólogo.

—¿Cómo iba vestido el director químico?

—Llevaba un chubasquero, un chubasquero azul marino.

—¿Llevaba armas?

—Yo no se las vi. No llevaba.

—Bien... Hablemos de Oliveira. ¿Tiene alguna amistad, algún puticlub, alguna casa donde pueda refugiarse en el barrio?

—Todos lo odian. Lo pelotean asquerosamente, pero lo odian. En este barrio no tiene sitio. Quizá mi tío, el dueño del Clan, pueda darles más información.

Por primera vez el interrogador sonreía burlonamente. Le miraba los pechos.

—El coche del director químico ha aparecido destrozado en la Avenida, pero tu amiguito no. Y tampoco está en su piso. ¿Dónde podrá estar? ¿Quizá con Oliveira?

—Le juro que no lo sé. Pero si lo cogen... —Carmen hizo una mueca de repugnancia.

El interrogador sonreía.

—¿Él conoce esta dirección? Si se ha acostado una vez contigo querrá repetir. ¿Se la diste?

—Este es un mierda de piso comparado con el suyo, tiene un piso lujoso. Nunca vendría aquí. Y tampoco le di la dirección. Sólo me conoce del Clan, un bar restaurante donde comen, el propietario es un familiar, ya le he dicho... Está cerca de aquí.

—Sabemos dónde está. Tal vez volvamos a verte.

El interrogador echó una mirada a la boca ensangrentada del Zuri y salieron.

Veintiuno

Cuando Oliveira oyó la información de Redemisora lamentó la exactitud de su compleja hipótesis. Una farsa arriesgada, rigurosamente calculada, que confundía a la opinión. El portavoz oficial admitía la complicidad del director de la empresa española con el grupo asaltante, dada la perfección de la acción. No lo designaban por su nombre sino por su cargo. Mencionaban incluso detalles de su contrato de director de la factoría española, que preveía indemnizaciones en el caso de que circunstancias externas interrumpieran la producción. Cuidaban cada pormenor del montaje escénico. Los servicios de inteligencia habían preparado aquella información por si no lo conseguían encontrar.

En aquel momento un grupo especial indagaría sobre su paradero. En un estado de excepción, como el que de hecho se había impuesto, aunque ninguna cadena se atreviera a llamarlo por su nombre, levantarían ladrillo por ladrillo del barrio hasta dar con él. Le quedaban días, acaso horas de vida. Momentáneamente nadie podía pensar que estaba refugiado en el taller de un muchacho marginal, un puto de lujo. El Tigras era un residuo del sistema que flotaba a la deriva guiado por una inteligencia natural. Pero tarde o temprano se iría de la lengua, quizá ya lo hubiera hecho, se envanecería de tener en su poder al tipo que todos buscaban.

Palpó con cuidado la herida y comprobó que el disparo no había astillado la mandíbula. La perforación, sesgada, se prolongaba desde el centro de la mejilla hacia la zona del oído y comenzaba a inflamarse. Se reclinó sobre el lecho y durante unos segundos se dejó llevar por los recuerdos. Corría por el sendero, el rumor del mar anunciaba su proximidad. A los siete años gozaba internándose en la vereda que se abría entre los pinos. El aroma denso descendía como un tamo desde las copas de los árboles. Él soñaba con aventuras mientras alcanzaba el escarpe. Por fin divisaba, a través del aire empapado de resina, la lámina del Cantábrico. La cabeza flotaba, azulina de ballenas en los ojos. Lo encontró su padre con la barbilla abierta, mientras él recogía gotas de sangre en el cuenco de la mano. La primera hipoglucemia lo hizo caer contra las rocas y se abrió el mentón. Recordaba los recios brazos de su padre que lo llevaban a casa. Aquel mismo día lo trasladaron a Santander donde le diagnosticaron la diabetes. ¿Volvería a recorrer el sendero de los pinos, a deambular por la playa? Sentía en las plantas de los pies el tacto mullido de la arena...

Oliveira le dio nombre al sentimiento que lo atrapaba: enquistamiento en la espiral interior. Aparece cuando se pierde el instinto de supervivencia y asalta a los desahuciados... El individuo se refugia en los recuerdos mientras la vida discurre en otra dirección. Su padre echó mano del licor de garrafa para no afrontar la misma enfermedad, apagó la rabia bebiendo con obstinación junto a la ventana de la cocina. Su madre desesperaba. En la cocina, sobre el hule azul de la mesa, la madre limpiaba jureles para la cena. Los peces tenían los ojos vivos.

Oliveira escuchó por la radio, a las diez de la mañana del 28 de octubre, el breve mensaje del ministro del Interior, en el que aceptaba el aislamiento momentáneo del barrio y prometía la restauración de la normalidad en un breve plazo. Una emisora local retransmitía íntegro el discurso del alcalde. Escuchó la voz paternal de Néstor Sodio: «Lamentablemente nuestras predicciones se han hecho realidad. La prensa nos llamó fascistas cuando anunciábamos los actuales desastres. Se equivocaban, únicamente éramos realistas».

Existía un eco triunfalista, perdonaba a los equivocados y deshuesaba el discurso de violencia. La táctica le había dado resultado en las últimas elecciones, ninguna encuesta predecía su triunfo. «Surgen situaciones nuevas y hay que aportar soluciones nuevas.» La voz se cargaba de firmeza. «Ante las horribles matanzas perpetradas en la planta industrial y en el barrio de Quimicox, y coordinados con el Ministerio del Interior, hemos establecido los siguientes objetivos: Primero, capturar al grupo terrorista. Segundo, internamiento de los inmigrantes ilegales que no posean titulación ni empleo en programas de garantía social; cuando dispongan de un título serán repatriados a sus países de procedencia.» Entonces matizaba con la voz cascada de maestro compasivo: «Países cercanos que necesitan que regresen sus hombres convertidos en técnicos cualificados». Tras la pausa para que la audiencia asimilara los enunciados proseguía: «Tercero, cumplimiento de un principio constitucional: respeto a la propiedad privada. Todos los ocupantes de pisos o viviendas que no dispongan del título de propiedad o contrato de arrendamiento serán expulsado, y las propiedades devueltas a sus legítimos dueños». Tomó aliento, carraspeó, el tono de voz se colmó de severidad: «Será un tiempo difícil. Se siguen descubriendo cadáveres. El pillaje ha desmantelado la estructura comercial del barrio. Pero os rogamos que nos ayudéis, cualquiera que sea vuestra ideología, a recuperar la normalidad y superar esta situación de caos. Los derechos de todas las personas de bien serán respetados; sus puestos de trabajo, aunque hoy están ardiendo, volverán a erigirse». Se percibía la respiración densa en el micrófono. La voz se teñía de condescendencia: «En este mismo momento comienza el desalojo de Quimicox. Todos aquellos ciudadanos que sean reclamados por sus parientes, aquellos que padezcan enfermedad o situación de dificultad tendrán prioridad en la evacuación».

Oliveira notó que la ira le nublaba la cabeza. Preparaban una evacuación selectiva y rápida que favoreciera la búsqueda. Pero se encontraba impotente, vencido. Intentaría huir a la desesperada aquella misma noche. Necesitaba hablar con un juez y con un grupo de comunicación. Y apenas le quedaba tiempo.

Veintidós

El psicólogo trazaba vertiginosamente un plan mental mientras el Tigras hablaba. Advertía, en la conciencia crepuscular, un torrente de euforia gratuito, pero tenía que autoengañarse. La presencia de Híjar en el barrio, su currículo como experto en explosivos para canteras, le proporcionaba un arma. Las ideas sobre el grupo de actuación se multiplicaban. Conseguiría escapar. Mientras gestaba los pormenores del plan, analizaba cada palabra que pronunciaba el Tigras. La estructura del proyecto que lo sacaría del barrio se perfilaba: tres células estancas, un cerebro, un técnico que proporciona los medios y un grupo que ejecuta, conectadas por un fanático y un marginal.

—¡Rubén, acércate! Rubén, nosotros saldremos a dar paseos. El tato no miente —aseguraba el Tigras a su hermano para tranquilizarlo.

El Besos continuaba encerrado en el despacho. Le daría miles de vueltas al maldito rodamiento, una manía que repetía cuando lo agarrotaba el miedo. Tenía un olfato especial para captar los malos rollos. El paseo lo había asustado, se masticaba el canguelo de la gente.

—Háblame de Zuriabeitia. ¿Le dijiste que me tienes aquí? —preguntó Oliveira. Recordaba perfectamente al joven que recogía la mata de pelo en la nuca. Un idealista inadaptado, había hablado con él varias veces como representante sindical de los magrebíes.

El Tigras negó con la cabeza. Intentaba comprender al tipo que había metido en su casa. En cuanto le contó que el Zuri tenía escondido al químico se incorporó de la cama. No estaba para muchas movidas, tenía el color de un muerto. Y encima, el cabrón, había acertado en todo. Se estaban cargando a los de El Jadida como si fueran ratas y lo buscaban a él. El químico había salvado el pellejo por pura chorra.

—El Zuri es un tipo legal, aunque lleva sus comidas de tarro —explicó el Tigras—. Vino al barrio hace unos años, cuando tuvieron que vender un piso que tenían en Ruiseñores, aquí los pisos son baratos. La enfermedad de su padre cuesta un pastón. Y parece que está venado, el colega, porque se mete en todos los fregados, Comité de Defensa de los Inmigrantes, sindicalista... Él me dijo que tú eres un borde fino y peligroso, un tío con una maquinaria de coco perfecta, pero puesta al servicio de la pasta para joder a los currantes.

Oliveira tardaba unos segundos en responder:

—Exacto. Me pagan por eso. Tú complaces a las señoras y cobras.

El Tigras lo miró sin ironía. Le gustaba lo que había dicho. Nunca entendió que el Zuri se partiera la jeta defendiendo a desconocidos. A él se la sudaba aquella palabreja que sobaba el Zuri como un caramelo: la ideología. Aunque el Zuri era legal, el único que le ayudó con el Besos. No le gustaba el canguelo que llevaba Rubén en el cuerpo, le daría la llorona, no podría dormir.

Y a él no le estaba comiendo el tarro el psicólogo. No se creyó una puta palabra de lo que le dijo al amanecer. Sin embargo, tuvo que envainar. Era mediodía y había que reconocer que el pichafría había acertado en pleno. Le preguntó:

—¿Qué estás tramando?

—Salir —respondió Oliveira.

En la concentración de la mirada del muchacho, la cabeza ladeada, ausencia de envaramiento, el psicólogo notó una actitud empática.

—Y joderles el montaje, claro —supuso el Tigras.

Oliveira lo miró a los ojos. El individualismo del joven era notorio. Sabía que reforzaba la admiración con la respuesta:

—Sólo quiero salir. Me resulta indiferente que progrese o no esta acción mientras no me afecte. Esperó unos segundos para que el interlocutor valorara su confesión—. ¿Zuriabeitia, si pertenece al CDI, tendrá contactos privilegiados con los inmigrantes?

—Supongo —contestó elusivamente el Tigras. El Zuri estaba metido hasta el cuello en los montajes en favor de los moros y negratas, aunque era un manso que jamás pegaría un tiro.

—¿Qué posibilidades ves de salir del barrio?

—Ninguna, ya te lo he dicho tres veces. Por un lado, la curva del Iboa está tomada por el ejército, al igual que los puentes. Por otro, han cortado la diagonal de Conde Aranda con tres filas de alambre de espino. Detrás, la hostia. Disparan al aire en cuanto alguien se acerca. Tienen el barrio en un puño. Y la gente con el acojone, por eso está así el Besos. Caminan en grupos, se vigilan y empiezan a hacer cola ante la Audiencia. Todo dios tiene miedo del otro. Los moros se esconden porque saben que van por ellos.

Arturo Yesa se percató de que el psicólogo estaba en otro rollo, lo miraba pero no lo veía. Transcurrieron unos minutos, parecía que el pichafría estaba en trance. Se le hinchaba la cara, aunque se había tomado las pastillas que le consiguió. Al final, como si despertara de una mala borrachera, declaró:

—Te necesito para salir de aquí.

El Tigras sabía que su tía, a la que hacía años que no veía, no lo reclamaría. Ponían esa condición, que te avalara un pariente o amigo de fuera, para poder salir del barrio. La hermana de su padre, cuatro días después de enterrarlo, salió espantada al ver la herencia que dejaba su hermano: un hijo mongólico y otro que no se plegaba a las componendas de las asistentas sociales. Pero, de no ser por aquel tipo que había metido en casa, no tendría nada que temer. Era de raza blanca y tenía la partida de nacimiento en regla.

Oliveira intuyó los razonamientos del Tigras. Intentó una vía paradójica de convencimiento. A veces la sinceridad provoca fidelidades:

—Te estás preguntando qué ganas con esto.

—Metí la gamba, tú lo dijiste —admitió el Tigras—. Podía haberte dejado en la azotea. Después de lo que me ha contado el Zuri sé que si me asocian contigo me meterán un tiro en la nuca para que no cante. —Dudó un segundo y afirmó con desprecio—: Estoy pensando en echarte de aquí y que te jodan. O te tiro al río envuelto en una sábana. Lleva caudal para alejar un fiambre.

—Exacto.

Ambos se observaban. El Tigras pensó que el pichafría lo admiraba. Su padre nunca lo valoró. Oliveira lo apremió:

—Decide.

El Tigras se encogió despectivamente de hombros. Oyó al psicólogo:

—Podría hacerte promesas. Tengo dinero para satisfacer tus aspiraciones sin alterar mi fortuna. Pero tú sabes que las promesas, cuando se recobra una posición segura, a veces no se cumplen.

—El Zuri dice que tú basas el poder de convencimiento en decir casi toda la verdad. ¿Intentas comerme el tarro?

—Sí, pero no oculto las cartas, no dispongo de margen. Tú lo sabes igual que yo.

—¿Cuál es tu plan?

—Memorízalo. Si no quieres colaborar sé que tampoco me delatarás. Forma parte de tu código de conducta.

—No te enrolles con mariconadas.

—Tienes que memorizar cada detalle. Cualquier error, si participas, te costará la vida. También la del resto, pero eso no debe importarte. Debe importarte la tuya.

Al Tigras, después de escucharlo, no le fascinaba la idea de crear una especie de grupo terrorista dividido en compartimentos sino las razones que el pichafría le daba para convencer a cada uno de los participantes:

—Híjar accederá porque le va la vida en ello, lo han asociado conmigo y, según cuentas, salvó su vida de casualidad. Comprenderá que el grupo islámico inculpado no tenía capacidad, motivación ni medios para llevar a cabo la acción. Dudará de mi postura, desconfiará. Puede pensar que estoy en contacto con los asaltantes de la factoría. Esa duda no se la puedo despejar. Creerá parcialmente mi versión cuando le expliques mi estado. Esta herida es la prueba, ¿me comprendes? —El Tigras asintió—. Por medio de Zuriabeitia, tú jamás debes saber dónde está Híjar, le darás la última razón: si hubiera conocido la invasión no habría estado en la fábrica. Existe una prueba material del asalto, donde queda reflejada la saña con la que ametrallaron mi despacho. Extraje las cintas de las cámaras de seguridad pero permanecen en la planta. ¿Voy muy deprisa?

—Sigue.

—La posición de Zuriabeitia resulta la más estable: es un fanático que se mueve por principios. Desea que la farsa se descubra y odia esta situación. Es al único que no le importa la idea de su propia muerte. Me necesita como compañero de juego, aunque nuestra alianza sea coyuntural. Le explicas con toda claridad mi pensamiento. Zuriabeitia contactará con los radicales magrebíes que sobrevivan. Si pertenece al CDI tendrá más contactos de los que supones. Dile que necesita pocas personas, cuanto más larga sea la cadena más fácil resulta de romper. Nadie resiste a la tortura si se practica con método y es la adecuada para la persona.

Inopinadamente el Tigras preguntó:

—¿Para salir de la planta tuviste que liquidar a alguien?

—No quedaban otras opciones.

—Estoy grabando tus instrucciones, me funciona bien la cabeza —explicó el Tigras anticipándose a las objeciones de Oliveira.

El psicólogo comprendió que su interlocutor poseía intuición. Cada minuto que transcurría el Tigras disminuía la gestualización y le resultaba difícil evaluar su estado de ánimo. Continuó:

—Perfecto. Queda la tercera célula, la operativa, resultará fácil de convencer. Los magrebíes comprometidos en los asesinatos anteriores aceptarán cualquier plan que les proponga Zuriabeitia. No tienen otra salida. —El psicólogo calló. Usaba las dilaciones con método. Afirmó—: El único punto vulnerable eres tú.

El rostro del Tigras permaneció inexpresivo. Oliveira pensó que tenía una inteligencia natural, llevaba unas horas con él y su rostro se hacía progresivamente impenetrable. Recordó que el Tigras se exponía ante la puerta del Clan, existía una fijación por mostrar su personalidad. Sentirse la llave maestra del plan representaría un poderoso aliciente para el joven.

—Explícame ese rollo de las cintas. Clarito, que yo me entere —exigió el Tigras.

Oliveira disimuló el asombro ante la perspicacia del muchacho. Había nombrado el asunto de pasada, pero el joven dirigió su atención hacia la única prueba material.

—En Coxa existe una central de seguridad que graba las imágenes de varias cámaras situadas en puntos estratégicos de la fábrica. En un momento dado del asalto yo extraje las cintas y las arrojé sobre los archivadores superiores.

—¿Cómo es esa central y dónde está?

Oliveira comprendió que el joven ponía en duda su información, no era primario como lo definió en un principio. ¿Quería recuperar las cintas o había estado en la central de seguridad? Le explicó:

—Si recorriste el edificio de dirección podrías verla. Diecisiete monitores en una pared. El jefe de seguridad era cómplice.

—¿Lo mataste? —preguntó el Tigras.

—Sí.

—¿Cómo?

—Lo estrangulé con mi corbata. ¿Viste el cadáver? —El Tigras afirmó con la cabeza—. En la misma central de seguridad, sobre los archivos que cubren la pared del fondo, arrojé las cintas. Después, en el intento de huida, me detuvo un miembro del grupo invasor. —Oliveira decidió pormenorizar el asesinato. Reforzaba su poder a los ojos del muchacho—. Él me apuntaba a la boca y yo mantenía encañonada su tráquea. Le disparé a la garganta y él me hirió. Tuviste que pasar por encima del cuerpo para acceder a la puerta. Yo no tenía fuerzas para bajar las escaleras, salté a la azotea y me desmayé.

—El fiambre no estaba, pero había sangre.

El muchacho lo observaba con sus ojos sesgados. De prontó decidió:

—Iré ahora. Si están las cintas donde dices podré ponerlas en el vídeo. Te creeré.

Oliveira lo escrutaba. Corría un alto riesgo. Guardó silencio.

—Y quizá participe —añadió el Tigras.

—Desconfías de mí —afirmó Oliveira—. Yo, en tu lugar, haría lo mismo. Pero es posible que Coxa esté vigilada. Si te apresan hablarás. Me delatarás. En ese momento yo habré perdido la vida. —Oliveira realizó una pausa para enfatizar la siguiente frase—: Al igual que tú y tu hermano.

—Yo voy a robar. Entré en Coxa para mangar un módem. ¿Quién cojones va a pensar que te tengo aquí?

—¿Con las cintas de la invasión en la mano? —objetó el psicólogo.

—Puedo llevar a mi hermano a un lugar seguro —anunció el Tigras.

Oliveira razonó con rapidez.

—Llévame a mí. Si te cogen a la entrada de la factoría serás un ladrón, un curioso. Aunque vengan al domicilio no encontrarán nada que te asocie conmigo. En este barrio todos sois ladrones, tú lo has dicho, te dejarán en paz. Si vuelves con las cintas tendrás una prueba que vale millones.

Arturo Yesa estudiaba la propuesta, analizaba las intenciones torcidas. En el caso de que registraran su taller, si el pichafría no estaba, nadie lo podría acusar. Expuso:

—Conozco la entrada de la torre de San Miguel, una torre abandonada. Está a cien metros de aquí. Nadie conoce esa entrada, que es la única. Sólo vamos algunas veces, cuando al Besos le da la venada de ver las palomas. Allí no hay nada, bueno, una colchoneta. Antes íbamos más, al Besos le gustaba mirar la ciudad con los prismáticos, que también estarán allí.

Oliveira necesitaba salir rápidamente del barrio para ingresar en una clínica. Los últimos valores que señaló el glucómetro eran inquietantes, los índices de potasio en sangre mostraban un comienzo de nefroesclerosis. Si no hacían efecto los antibióticos su deterioro sería irreversible. Intentó motivar al Tigras presentando su papel como prescindible. Ordenó:

—Si no deseas participar déjame irme y dime dónde puedo encontrar a Zuriabeitia.

Veintitrés

Híjar caminaba por las calles del casco antiguo vestido con ropas que no eran suyas. De vez en cuando levantaba la cabeza y lo veía. Seguía a un joven casi desconocido, hermano de Carmen, que había contribuido a salvarle la vida. ¡Lo buscaban a él! El razonamiento del Zuri era cabal: «Te buscan por lo que sea. Van por ti. Tienes que esconderte, el barrio está sitiado y no hay salida». Le contó las matanzas sumarias de inmigrantes, de niños. Híjar no comprendía lo que estaba ocurriendo, era inaudito. Pero la radio y la televisión certificaban el absurdo. Procuraba mantenerse a cincuenta metros de la melena recogida con una cinta que avanzaba delante de él. Seguía a un joven alto y huesudo, con la boca partida, que se prestaba a buscarle un sótano seguro. Al menos el Zuri tenía impulso, creía en lo que estaba haciendo. La televisión mencionó la complicidad de Oliveira. ¿Por qué? ¿Complicidad con un grupo islámico? Torcieron por Predicadores y después cruzaron la plaza de la Posada. Recorrían una zona marginal del casco antiguo, con fachadas de ladrillo corroído.

Caminaban en sentido contrario al revuelo de transeúntes, casi todos se dirigían a la plaza de la Audiencia. ¿Por qué habían atentado e incendiado Coxa? ¿Cuál era el papel de Oliveira? Los cadáveres que aparecían en la televisión refrendaban los hechos, reconoció a dos vigilantes de la fábrica con un tiro en la frente. ¿Un grupo islámico? Nada tenía sentido, pero de hecho lo buscaban, él mismo había oído el brutal interrogatorio y las agudas respuestas de Carmen. Habían registrado su piso, aparecieron las huellas de Carmen, habían encontrado el coche... Aquellas pesquisas sólo las justificaba algún asunto de extrema gravedad. ¿Por qué lo involucraban? Levantó la cabeza: sobre el telón lívido del cielo, apresado entre los aleros de la calle estrecha, se levantaba una crestería de nubes blancas.

Por la calle Mayor apenas transitaba gente. El joven que lo precedía aminoró el paso, dobló por un callejón y penetró en un antiguo inmueble de aleros labrados. Cruzaron el vestíbulo y llegaron a un patio interior. El Zuri le mostró una puerta de chapa rematada por un pequeño rectángulo de cristal. Aparecía semioculta por bidones y cajas vacías de fruta.

—Volveré —aseguró el Zuri como despedida.

La puerta daba directamente a una empinada escalera de ladrillo que descendía hasta un local. La luz que filtraba el cristal de la puerta se ahogaba al final de la escalera.

Híjar se sentó en el último peldaño. Un cuarto de hora después, los ojos, adaptados a la oscuridad, distinguían una amplia bóveda de ladrillo sustentada sobre cuatro pilares. Encontró el interruptor de la luz. Estaba en la bodega de un edificio del casco viejo de la ciudad. Al fondo se apilaba abundante material eléctrico sin desembalar: circuitos impresos, temporizadores, voltímetros, condensadores, bobinas de cable... En un extremo existía una mesa de trabajo con útiles de electricista, montada sobre dos caballetes.

Tenía sed y un temor difuso. ¿Qué estaba sucediendo fuera? Lo asociaban equivocadamente con Oliveira. ¿El psicólogo había tramado el asalto a la planta? Si la situación actual se hubiera producido el día anterior estaría agarrotado por el miedo. Pero estaba Carmen, el tacto terso de su piel, su abrazo apasionado... Era una tontería pensar que estaba enamorado, sin embargo continuamente volvían a la memoria los ojos húmedos que descubrió al despertar. Y la entrega de la mujer. Se dejó llevar por aquel sentimiento transparente que lo llenaba de vitalidad y le impedía tomar conciencia del absurdo. Hundía de nuevo las clavijas en la pared vertical del Aneto. El aire puro le llenaba los pulmones. Pasó el mosquetón por el ala de mosca, se elevó y contempló el cortado: a sus pies se extendía la mancha del bosque. Un ruido le hizo suspender la evocación.

Instintivamente se levantó y se ocultó detrás de un pilar. Alguien había abierto la puerta. Oyó los pasos que descendían con cautela.

Reconoció la respiración entrecortada y su figura detenida en el último escalón. Se acercó a Carmen y susurró:

—Soy yo.

La mujer se refugió en sus brazos:

—Tengo miedo —le oyó decir, y notaba su corazón apresurado—. Carlos, tengo mucho miedo. No sé qué está ocurriendo. Durante tres horas he esperado en la cola con mi padre, necesitaba la hemodiálisis. La gente se agolpa ante la Audiencia, todos están aterrorizados, quieren salir del barrio. ¿Qué sucederá, Carlos? Por fin mi padre ha conseguido salir, me han dicho que lo internarán en una clínica.

Carmen llevaba el pómulo amoratado y lo miraba con ansiedad. Le desabrochó un botón de la camisa para cobijar la mano en su pecho y le rogó:

—Abrázame, por favor.

Carmen pensó que los sentimientos son irracionales.

¿O eran las circunstancias las que la ofuscaban? Aquella mezcla de miedo y absurdo provocaba una atracción envenenada. Se sentía segura abrazada al químico, que la había despreciado, que se había burlado de sus intenciones de proteger a Jaime.

Veinticuatro

El Tigras salió y dio dos vueltas a la llave.

Oliveira no había logrado convencer a aquel joven impulsivo y receloso. Tuvo que aceptar la decisión desatinada que añadía riesgo a una situación límite. Recuperar las cintas era, en aquellos momentos, una acción ilógica. Si lo apresaban despertaría las sospechas. El psicólogo amplió el conocimiento de la personalidad del muchacho, salpicada de rasgos contradictorios. Prefería jugársela a una carta antes de verse engañado.

—Estamos encerrados, el tato se ha llevado la llave —dijo el mongólico.

El Besos salió del despacho y le mostró un rodamiento. Oliveira asintió mientras atendía al televisor y a la radio. Rubén se sentó en el camastro y le mostró los cojinetes. Puso el dedo índice sobre uno de ellos e impulsó las bolas de acero que giraron entre los anillos de metal. Habían transcurrido dieciséis minutos desde la salida del Tigras. Cabía la posibilidad de que el muchacho estuviera negociando su venta. En cuanto mencionara su nombre volarían aquella puerta y entrarían por él. Conocía los métodos de los cuerpos especiales, máxime cuando los apremiaba el tiempo.

—¿Vas a ir a la doctora?

El psicólogo afirmó con la cabeza. Rubén ganó territorio en el camastro y buscó el contacto físico. Oliveira oía el ruido metálico de los cojinetes al deslizarse en el carril.

En las imágenes aéreas del barrio que mostraba la televisión se apreciaba que las naves incendiadas eran tres, las que albergaban las cadenas de envasado, embalaje y la planta de fermentación. Habían incendiado selectivamente la factoría para poder salvar la alta tecnología química. Se mantenían intactos los almacenes, que albergaban los productos básicos para fabricar explosivos y cuya quema hubiera provocado la ruina de la planta. La operación se había gestado en Alemania, con órdenes precisas sobre los destrozos permitidos.

Era insensato el intento del Tigras, apremiado por la desconfianza. Aunque si regresaba con las grabaciones, una posibilidad remota, poseería un documento valioso, de incalculable precio en el mercado. El muchacho mongólico permanecía en silencio, confortado por el contacto. El huevo informativo seguía incubándose: las tres naves humeaban. Y el humo negro llenaba las pantallas de los televisores mundiales. Coxa, una víctima del terrorismo, necesitaba apoyos para volver a erigir su factoría.

De repente, Rubén Yesa le tanteó el rostro y le acarició la herida. Oliveira permaneció quieto. Perfilaba los detalles de un plan insólito, el único que podía poner en pie. Si el Tigras regresaba y la factoría seguía abierta las posibilidades aumentaban. Híjar era un experto en la fabricación de explosivos, dirigió durante seis años Rioexplosa. Harían estallar una parte del cerco y un cuarto de hora después, cuando la atención estuviera fijada en el primer punto, volarían la parte más débil del cerco para escapar. Los servicios de inteligencia no esperaban ninguna respuesta porque el grupo terrorista islámico era una invención. Durante media hora soportó el abrazo de Rubén, un animal afectivo al que la tensión le había disparado las alarmas vitales. El sonido del rodamiento circulaba en la cabeza de Oliveira.

A los cincuenta y ocho minutos de la marcha del Tigras, Oliveira oyó la puerta. Arturo Yesa sonreía. El psicólogo analizó la mueca de arrogancia del joven, se sentía colmado de poder, tenía las cintas, la prueba que podía desmontar la verdad que proclamaban las cadenas de televisión y que creían millones de ciudadanos.

—Te buscan. Y te tengo yo. Coxa sigue abierta, sólo hay un helicóptero que vigila el barrio —afirmó el Tigras con satisfacción.

—Eres el núcleo del plan.

—Mariconadas. No me endulces la píldora.

Oliveira creyó que el muchacho pensaba abandonarlo a su suerte. Si lo llevaba a aquella torre que había mencionado, Arturo Yesa tendría las manos libres. Nadie sospecharía de él. Podría salir del barrio y le sobraría tiempo para negociar el precio de las cintas. Oliveira jugó la baza de la vanidad canalla e infantil:

—Si un día sales en las pantallas de televisión de todo el mundo, saluda con indiferencia.

El Tigras calló. Imaginó que doña Celu lo entrevistaba en *Celulitismix*.

Oliveira preparó la marcha. Había calculado el giro del helicóptero en torno al barrio. Disponía de seis minutos y veinte segundos para llegar a la entrada de la torre que mencionaba el Tigras. Le sobraba tiempo en condiciones normales, pero cuando se vistió, comprobó su debilidad. Llevaba una bolsa con una vieja gabardina, la linterna y el glucómetro.

A las dos y diez de la tarde se despidió del Besos. Le aseguró que iba al hospital. Unos minutos más tarde el Tigras caminaba sin volver la cabeza por la ribera del Huerva y le mostraba el acceso a la torre de San Miguel. Aprovechaban el trasiego de población, que se había echado a la calle y se concentraba en el otro extremo del barrio. Miles de personas guardaban cola ante la Audiencia, un antiguo palacio situado al final de la Avenida, a trescientos metros de la Torre Verde. Esperaban un permiso de salida o una reclamación de sus familiares.

Veinticinco

A las siete de la tarde el cansancio se aplomaba en las piernas del Tigras. Estaba asombrado de la inteligencia del psicólogo, se habían cumplido todas sus previsiones. El Besos, amuermado, lo había obligado a meterse en su cama. Mal rollo, Rubén barruntaba el miedo, la tele repetía el asunto de los terroristas y continuamente sacaban imágenes de los muertos. Aquel animal asustado lo tenía cogido por los huevos y le robaba libertad. Decían que los mongólicos se morían jóvenes.

El Tigras esperaba a que oscureciera para llevarle comida al psicólogo y anunciarle que había cumplido su parte. Le soltó todo el rollo al Zuri, sólo omitió el detalle de las cintas. Eran su trofeo. Un día explicaría ante las cámaras de televisión aquella movida y su foto saldría en los papeles.

El cabrón del psicólogo no se había equivocado con el Zuri. Mientras le contaba el plan de Oliveira notó el brillo de sus ojos, el mismo fogonazo que tienen los sonados. El Zuri comenzó a excitarse, hablaba del valor de la acción y la verdad, un mareo de entusiasmo que no compartía. Le transmitió las tres primeras órdenes de Oliveira: convencer al químico, captar a tres magrebíes para entrar en Coxa, y barrer con un escáner las frecuencias.

Según el pichafría, un montón de secretas camuflados vigilarían el barrio y se tenían que comunicar entre sí. Había que entrar en aquella onda para conocer los puntos vulnerables del cerco y escapar cuanto antes.

El Zuri apenas habló mientras escuchaba el plan. Llevaba la fiebre en los ojos y los músculos de la cara tensos como sirgas. Anotaba las medidas de seguridad, la forma de intercambiar mensajes y las razones para convencer al químico. Comentó que aquel ensayo de fascismo había que abortarlo. El Tigras estaba seguro de que el Zuri no cumpliría las normas de seguridad y se metería él mismo en el comando operativo.

Arturo Yesa apartó el brazo de su hermano y salió de la cama. El Besos andaba con la misma neura que cuando murió su padre. Pasó dos meses aletargado, como un bicho que barrunta el invierno, sin hablar y haciendo girar las bolas del rodamiento. Por medio del Zuri y de Carmen, que por sus estudios entendía el barreno, visitaron a la doctora Peralta y el Besos escapó del cepo.

Mientras su hermano seguía durmiendo, cogió una silla, quitó la placa de escayola y se colgó en el hueco del techo. El garaje tenía un pequeño espacio sobre la antigua puerta principal, donde se enrollaba la persiana metálica. Apenas cabía una persona, pero el Tigras se introdujo hasta el fondo para ocultar las cintas. Tapó la boquera con la placa de escayola y saltó al suelo.

El pichafría, pensaba el Tigras, parecía que había sido de la pasma o de los servicios secretos. Sabía la tira de medidas de seguridad. Si uno de la cadena caía, los freirían a todos.

Salió de casa al oscurecer. La tarde parda aún se mantenía viva en los aleros de Coxa. Al amparo de la oscuridad de la ribera miró los puentes y contempló las bolas de luz de las farolas que se dibujaban en la noche rastrera. Anduvo con sigilo hasta los olmos. Tras cerciorarse de que nadie se ocultaba en la ribera se introdujo por la trampilla. Conocía el largo pasadizo a ciegas. Los antiguos trabajaban a conciencia, un pasillo de piedra de la altura de una persona unía la torre con el río. El ruido de los pasos rebotaba contra las paredes. El Tigras llegó al fondo, enfocó la base de la torre y vio al psicólogo sentado en una repisa. Le pareció un tipo extraño, vestido con la vieja gabardina de su padre, que se mantenía en pie por cojones, alimentado por la fuerza de su cabeza, porque las piernas apenas lo podían sostener. Le explicó que el plan estaba en marcha, todos habían admitido que era la única salida y el tipo ni se inmutó, daba por hecho que el Zuri, el químico y los moros aceptarían. Parecía un bicho que lo miraba fijamente sentado en la repisa de la base de la torre. Por fin, Oliveira anunció:

—En la tercera calle, a la izquierda de la Avenida, pasea una mujer. Tendrá unos cuarenta años, pelo corto y claro. Viste una prenda verde y pantalones vaqueros. Lleva un bolso de viaje. Es una agente.

—¿Cómo lo sabes? —A la luz de la linterna le brillaba la cara al psicólogo, se le hinchaba la herida.

—Mientras ha habido luz he estado observando con los prismáticos. Pasea por la misma acera, creo que vigila una farmacia. Piensan que necesito insulina. Durante tres horas la mujer ha repetido el recorrido. Cuando se agacha para meter algo en el bolso habla por un móvil. Secuéstrala, la debes golpear lateralmente en la sien o en la nuca. Será muy peligroso. Si consigue usar el móvil estás perdido. Llevará al menos dos armas.

Arturó Yesa sopesaba los riesgos:

—Me juego el pellejo.

—Así es. Te lo juegas desde que me recogiste.

El Tigras meditaba. Cada paso que diera lo comprometería aún más. Sentenció:

—Estrangulaste a un tipo y le metiste un tiro a otro. Tienes mala sangre.

El psicólogo miró los ojos ligeramente oblicuos del joven, pero su rostro permanecía en la penumbra y le resultaba difícil interpretar la intención del comentario. Oían el murmullo de las palomas en el campanario. Consideró que al Tigras le faltaba un zarpazo en propia carne para asumir la acción. Tal vez le flaquearan las fuerzas. Intentó estimularlo:

—La mayoría de la gente no es cruel ni bondadosa. Pero las circunstancias la pueden conducir a los extremos. Yo no me apiado de los dos individuos que maté, ni siquiera he vuelto a recordarlos. Querían asesinarme y me adelanté. ¿Sabes cómo te torturarán si te cogen?

El psicólogo le explicó los métodos de los cuerpos especiales. El joven lo escuchaba con el rostro impávido. Después Oliveira añadió:

—Puedes capturar a esa agente. Ellos no prevén ninguna agresión, están con la guardia baja. Sólo vigilan para encontrarme, aunque cada hora que pasa aumenta su nerviosismo. No está lejos de aquí, tú conoces cada rincón de este barrio. Podrás hacerlo.

—¿Y la traigo aquí?

—Eso es. La noche te favorece. Aún necesitaré algo más para que esa mujer nos diga todo lo que sabe.

—¿Qué?

—Esta mañana nombraste un robo que te sorprendió, dijiste que la funeraria estaba cerca de tu casa. Necesito un ataúd.

—¿Un ataúd? ¿Una caja de muerto? ¡Estás zumbado!

Veintiséis

Híjar pensó que la mirada del Zuri, a la luz del foco de la bodega, reflejaba el fanatismo. O la médula de la juventud. Se había rapado el pelo y lo había teñido rubio para que no lo asociaran con el muchacho de largos cabellos morenos que pertenecía al CDI. Hablaba con esa síntesis de miedo y verdad que provoca un precipitado nuevo: la exaltación.

—Yo tampoco confío en el director de Coxa, un alto representante de la tecnoestructura. —El Zuri, sentado frente a él, razonaba con las manos abiertas, gesticulaba con todo el cuerpo—. Los hechos, sin embargo, se imponen: están ensayando la aplicación del fascismo en un barrio marginal y lleno de inmigrantes. ¿No lo ves? ¡Y los partidos democráticos tragan, los medios divulgan la farsa!

Híjar lo observaba, sentado en un cajón que contenía condensadores, mientras Carmen permanecía en silencio. En otra situación no lo hubiera escuchado, pero en su interior pugnaba un germen de frescor. La nuca frágil de la mujer. Por eso sonrió. Su actitud provocó la respuesta airada del Zuri:

—¡Estoy hasta los cojones del aire de perdonavidas de todos los colocados! ¡Ocurre igual en el sindicato!

Los pómulos angulosos y las mejillas hundidas remarcaban el parecido con su hermana. La bodega olía a arcilla húmeda. Se levantó, poseía una rara elasticidad, las ideas que bullían en su interior le impedían la quietud. Al volver a sentarse sobre una caja de embalaje vaticinó:

—A esta le ocurrirá igual, terminará por montárselo —señalaba a Carmen con el mentón—. Esta sociedad individualista os ha despojado del sentido colectivo. Establecerán una dictablanda encubierta, destinada a protegeros, pero poco a poco os cortará las manos y las libertades.

—A mí déjame en paz —respondió Carmen—. Me tienes harta con tus ideas.

—¡Están matando! ¡Asesinan impunemente para justificar una farsa! ¿Es que no os estalla la cabeza? ¡Basura de mierda!

Híjar no atendía al discurso, pensaba en Oliveira. Sin embargo la fogosidad del muchacho percutía en una membrana interna. El pelo cortísimo del Zuri acentuaba la tersura juvenil de su piel. El químico recordó vagamente los ideales abandonados, las arrugas del pragmatismo. Pensó en voz alta:

—Oliveira tiene fuentes de información privilegiadas, es capaz de imaginar la jugada con la que dará jaque mate mientras mueve los primeros peones. Nos mueve a nosotros. Dudo que desconociera la invasión. ¡Incluso él mismo pudo tramarla, como insinúan los informativos!

—¡Existen hechos! —lo cortó el Zuri—. Está herido, mi fuente asegura que puede palmarla en breve. El barrio sitiado, asesinatos de emigrantes. A ti te buscan...

—Me buscan, ¿por qué?

—¡Y yo qué sé! ¡Seguramente para que les digas el paradero de Oliveira! ¡El único, qué ironía, que puede testificar y desmontar esta patraña! —El joven gesticulaba y permanecía unos segundos en pie—. ¡Entrégate si quieres! Ya viste sus modos, violación del domicilio, bofetones brutales... Hoy han matado a trece magrebíes, a trece que yo sepa. Niños y mujeres incluidos. ¡A las ocho de la mañana ya habían realizado su labor! ¡En la televisión salen los rostros de cuatro que han cogido vivos! ¡Dicen que son miembros del grupo terrorista! ¿Cómo habrías terminado esta mañana en el caso de que te hubieran encontrado?

—Quiero ver a Oliveira, hablar con él —exigió Híjar.

—¿Y qué más desea el señor? ¿Que Peneacero en persona te asegure que no sufrirás ningún daño? Entonces te largarías, te da igual lo que esté pasando... —El Zuri recorrió el sótano a grandes pasos. Se encaró de nuevo con Híjar—: ¡Yo odio a Oliveira, entérate! ¡Es un cabrón inteligente! Pero tiene razón, necesitan pegarle un tiro para que el plan salga redondo. Llegará un día en que Jurta, esa niña, declarará ante un tribunal, declararán otros, pero serán asuntos menores, excesos policiales. El peso pesado que puede desequilibrar en el balanza es el director de Coxa. ¡Recibió un disparo durante el asalto! ¡La puede palmar, y el tipo que me lo dice es legal!

Híjar desconfiaba. Expuso sus dudas en voz alta:

—¿Y es posible que toda la prensa divulgue una parodia sin comprobarla? ¿Nadie sospecha, nadie entra al barrio? ¡Y Oliveira, qué casualidad, es el único que sabe la verdad!

El Zuri se pasó los dedos abiertos por el cabello. Sus gestos transmitían la inquietud. Se levantó de nuevo, no cesaba de moverse. La voz llegaba desde la penumbra del fondo del sótano:

—¡Es inexplicable! ¡Todo es inexplicable! ¿Cómo lo pudieron tramar con tanta perfección? No funcionan los teléfonos, han desarmado los transmisores entre antenas parabólicas, no tenemos un emisor para comunicarnos por satélite... ¡Un plan perfecto! ¡Y la prensa y los medios de comunicación tragan porque los muertos acojonan! ¡Hay cadáveres por un tubo para mostrar en televisión! ¡Inventaron el cuento de la cinta de un videoaficionado, la han pasado por la tele! ¡Un montaje, soldados con emblemas del Gia y de Hamas!

—Bien, es posible que tengas razón... —concedió Híjar, confuso—. No es tan difícil lo que pido. Hablar unos minutos con Oliveira.

—¡No conviene para la seguridad de los demás! —El Zuri argumentaba acompañándose de movimientos crispados—. ¡Yo no sé dónde está escondido! ¡Como él no sabe dónde estamos nosotros! ¿Sabes qué dijo? Que tú no creerías su versión, que pensarías que él estaba involucrado. ¿Acaso habría estado en la planta si hubiera conocido la invasión? La frase también es suya. Lleva un tiro, entérate, en la boca, que le ha rasgado la mejilla.

El Zuri terminó de exponerle el proyecto de Oliveira, salpicado de escollos. Inverosímil. La participación suponía una huida a tumba abierta. El director de la planta tenía que estar desesperado para concebir un plan que apenas tenía posibilidades de éxito. Era ridículo pretender fabricar explosivos para volar el cerco y salir del barrio.

Sin embargo, tanto si Oliveira fuera el instigador como si fuera víctima del asalto a Coxa, resultaba evidente que corrían peligro. Como era evidente la confabulación del capital industrial y el Partido Democrático Puro para conseguir beneficios mutuos. ¿Asesinaban impunemente? ¿Sería posible que desde fuera nadie sospechara la verdad? ¿Lo buscaban a él por sus contactos regulares con Oliveira? Si hubiera estado en su piso se habrían disipado las sospechas. Creían que estaba con Oliveira o que podía darles pistas sobre su paradero. ¿Lo habrían torturado en el caso de encontrarlo en el piso de Carmen?

Híjar sintió un escalofrío. Andaba a ciegas por un campo de minas. Le proporcionó al Zuri un plano con la situación del almacén de Coxa y las medidas de seguridad para transportar el instrumental y los productos para fabricar explosivos. En el almacén había nítrico y metenamina. Pretendían robarlos aquella misma noche. Los acontecimientos se precipitaban y él se dejaba llevar. Una ingravidez nueva y la aguja del deseo lo perturbaban. Nunca habría participado en aquel montaje de no ser por un recuerdo que lo obsesionaba: la boca de Carmen reía en su boca, un deseo violento que aun en aquellas circunstancias se imponía y le impedía razonar con frialdad.

Veintisiete

Desde el habitáculo de la torre, Oliveira oyó el ruido de la trampilla a las doce de la noche. No tomó precauciones. Podía ser el Tigras o venían a eliminarlo. Iba asumiendo que los equilibrios de su organismo se habían roto. Si la creatinina en sangre aumentaba necesitaría un tratamiento de diálisis, los riñones se cegaban.

Enfocó a la mujer que seguía inconsciente y maniatada. Confesaría todo lo que supiera si no estaban entrando en aquel mismo momento a liberarla. Hasta ahora habían tenido la suerte como aliada. O la sorpresa: los agentes movilizados para capturarlo no esperaban ningún ataque, y menos de un joven marginal. Los ruidos continuaban, en las ocasiones anteriores no provocaba el Tigras tanto estruendo para recorrer el pasadizo. Era inútil ocultarse al final de la escalera, en el campanario derruido.

Retumbaban los pasos en la cámara de piedra que conducía al pie de la torre. Se dejó enfocar el rostro y reconoció la silueta del muchacho detrás de la linterna. El Tigras lo examinaba.

—Colócalo tras ella, en el rincón del fondo. Sigue inconsciente —le informó Oliveira. El féretro que arrastraba el Tigras le produjo un oscuro resquemor. Era enorme.

—¿No la habrá palmado? —preguntó el Tigras intranquilo.

Oliveira negó con la cabeza. Le ordenó:

—Vuelve antes de que amanezca.

El Tigras depositó el ataúd junto a la pared, detrás de la mujer, que seguía en el suelo de la torre, un cuadrado de seis por seis de donde arrancaban las escaleras. Comentó:

—Este puto cajón no cabía por la trampilla. Tuve que arrancar las bisagras de la tapa.

Por el tono de voz Oliveira supo que a Arturo Yesa, que lo seguía enfocando con la linterna, le repugnaban sus métodos. Lamentaba su participación, en cualquier momento desertaría. Huiría con las cintas, porque el afán de protagonismo latía con fuerza. Adivinaba el pensamiento del muchacho: el psicólogo, con la herida tumefacta, era un fiambre que andaba.

Oliveira esperó a que el joven saliera. Puso la yema del dedo corazón bajo la lanceta del glucómetro, apretó el resorte y depositó una gota de sangre en la platina. Se inyectó insulina transparente, la única de que disponía, y a duras penas tragó unas porciones de queso. Actuaba mecánicamente, siguiendo los pasos que se había trazado. Pero su deterioro le minaba la esperanza: no podría seguir en aquel local húmedo, sucio de palomina, con una herida abierta. Antes de veinticuatro horas debía ser ingresado en una clínica. Se apretó la gabardina que le había dejado el Tigras, tenía frío.

Comenzó a registrar las ropas de la mujer y guardó las dos armas. Evitó cualquier manipulación del emisor portátil que encontró en el bolso. Después, con la ayuda de un cuchillo de postre, desgarró las ropas de la agente, que seguía con las manos apresadas por una cadena. La desnudez multiplica la sensación de desamparo.

Colocó los pies a cada lado del rostro de la mujer e intentó orinar. Tensó los músculos abdominales para forzar la vejiga. Apenas cincuenta centímetros cúbicos de orina cayeron sobre la prisionera.

La mujer recobró el sentido, pero Oliveira no la atendía. Buscó la botella de agua y bebió sin sed. La disminución de orina indicaba un agravamiento.

Enfocó el rostro que yacía a sus pies: cráneo dolicocéfalo, con un golpe entre el temporal y el pómulo, el que le había hecho perder el sentido. Tendría su edad, de cuarenta a cuarenta y cinco años, pelo corto, rubio y orejas desnudas. Los pechos estaban atravesados por menudas estrías, posiblemente había amamantado una cría, impresión que corroboraban los pliegues del vientre. Los brazos y piernas musculados indicaban que los ejercicios gimnásticos de los cuerpos especiales seguían siendo exigentes.

La hembra luchaba con las cadenas, se revolvía y doblaba el espinazo para comprobar las posibilidades de liberación. Una vez descartadas, apoyó la espalda en el suelo y miró en torno. Tardó unos minutos en reaccionar. Después levantó el pubis con actitud provocativa. Hablaba con cierta precipitación:

—Atiéndeme, estoy casada; sin embargo, a veces, después de alguna fiesta, cuando he bebido bastante, pienso como tú.

La mujer miraba hacia la linterna. Había tomado la iniciativa en una situación límite, era un individuo fuerte y entrenado. Oliveira la escuchaba:

—Te voy a tutear, nos vamos a entender, ya verás. A todas nos cansa la rutina —la mujer tragó saliva, serenaba el tono—. Hago el amor siempre con el mismo hombre, en la misma postura, el mismo olor a sudor... Dios, nunca me atreveré a decírselo a mi marido, sería horrible, me moriría de vergüenza. Ahora también me ruborizo al confesártelo, pero te comprendo.

Oliveira seguía enfocando el rostro. Aquella mujer habría aprobado los tests psicotécnicos, mostraba una personalidad sin fisuras. Superaría las pruebas físicas y los controles de tensión emocional y fue elegida para formar parte de los cuerpos especiales. Al verse desnuda creyó que el móvil de su secuestro era sexual. Hablaba con inflexiones precisas, titubeando ante las exposiciones de su intimidad. Poseía un carácter flemático y reaccionaba con inteligencia ante situaciones nuevas. La hembra le mostraba el sexo y realizaba movimientos oscilatorios con el pubis. Fingía estremecerse mientras hablaba:

—Alguna vez, te decía, resulta vergonzoso admitirlo, aunque a una amiga también le ocurre, soñaba con que me violaran. Sí, yo he soñado con esta situación. ¿Me oyes? Mi amiga me cuenta el mismo sueño y yo finjo que me escandalizo. Imagino que estaría atada de pies y manos, por lo que no sería culpable de la violación. Sueño con ser penetrada por un hombre que sólo piensa en follar, un tipo como tú. Me meterá su pene y se retorcerá dentro de mí.

Oliveira recordó los consejos de manual para defenderse contra violadores. Afirman, erróneamente, que durante la agresión siempre existe un momento de debilidad del violador, justo el que hay que aprovechar para reducirlo. Aquella mujer acababa de salir de una conmoción leve, ignoraba el aspecto del agresor y el entorno donde se hallaba. Su actuación demostraba autocontrol y sangre fría.

—Si quieres —proponía la hembra— te hago eso que te gusta. No lo he hecho pero a veces lo pienso. ¿Me oyes?

El psicólogo apagó la linterna, forzaba la atención.

—Soy Víctor Oliveira Sancho, tu objetivo en esta misión. No estás, por tanto, ante un violador. Te habrán informado sobre mi persona: catedrático de psicología de conducta en excedencia, experto en microgestos. Vuestros jefes evitan intimidaros porque el temor interiorizado inhibe la acción, por eso te han ocultado que elaboré un manual sobre resistencia a la tortura. Me lo encargó el ejército de USA, iba dirigido a sus cuerpos especiales.

Oliveira en la oscuridad adivinaba a la mujer inmóvil, distinguió una contracción muscular, habría recogido las piernas. Actitud defensiva, asunción del poder del agresor. Intentaría relajarse, simular serenidad.

—Según los manuales, ahora debes concentrarte. Tienes que analizar las fisuras de la personalidad del torturador para aprovecharlas en la fase posterior. Bien.

El psicólogo proseguía con la linterna apagada:

—¿Padeces alguna lesión coronaria? —dejó transcurrir unos segundos—. El compañero que te delató, te mostraré su cadáver, murió de un infarto en una sesión similar a esta, hace unas horas. Probablemente también os han ocultado su desaparición. Llegó a confesarme que mantenéis vigilancia en las farmacias del barrio, os han informado de que soy diabético. A tu compañero se le congestionó el rostro, sufrió un ataque súbito y murió con los labios amoratados. Me habló de ti, de tu maternidad...

Oliveira guardó unos minutos de silencio y de repente proyectó el haz de luz sobre el rostro de la prisionera.

—¿Tú también padeces fobia hacia los ofidios?

Rostro impasible. Las carótidas se hinchaban dos veces por segundo, le estallaba el pecho a la prisionera.

—¿Has notado el tacto de la cola de una rata hambrienta sobre tu ombligo?

Movimiento reflejo del masetero, tensión mandibular.

—Imagina a las tarántulas sobre tu cara, llegarán a tapizar tu lengua.

Contracción de la boca, ladeo del rostro, elevación del labio superior: repugnancia.

—¡Mírame! —gritó de repente Oliveira mientras enfocaba su propia herida sosteniendo la linterna a pocos centímetros de la mejilla—. ¿La ves? ¡Una herida negra y tumefacta! ¡Soy diabético, necesito tratamiento especializado! ¡Me estoy muriendo! ¿Qué crees que puede importarme tu vida?

El psicólogo notó la histeria en su voz, se descontrolaba. El torturado percibe la disfunción y se crece. Apagó la luz. Inspiró y apoyó las manos bajo el mentón. Si comenzaba la necrosis renal carecía de futuro. Ningún trasplantado de riñón y páncreas había sobrevivido más de siete años. La cólera alertaba las terminaciones nerviosas de la dentadura. Rechinó los dientes y blasfemó interiormente. Sin embargo, tras unos minutos, su voz opaca sonó sin amargura.

—Abre los ojos y mira tu tumba. Quizá, como a tu compañero, te cueste derrumbarte. Vuestros jefes os dicen que estáis preparados para soportar situaciones difíciles. Pero aquí no se trata de la vida exterior, estás negociando tu muerte. Tanto si confiesas como si no lo haces morirás aquí. Pactamos la forma de morir, una cuestión que ahora te parece menor.

Cerraba el dogal y oprimía. El mazo aplastaba la esperanza. Indefensión absoluta. Si conseguía provocarle un miedo cerval por medio de una situación ansiógena sostenida se entregaría al torturador. Rompería la bóveda de su personalidad, al menos transitoriamente, y sobrevendría la desorganización de la conducta compleja. Tenía prisa.

—Voy a describir su muerte. —Oliveira hablaba mansamente. Cambió el tratamiento, rompía cualquier vínculo con el torturado. Su mirada mineral se perdía en la oscuridad—. Ahora se encuentra usted en un estado de excitación aguda. Sequedad de boca y alteración del ritmo cardiaco. Dentro de unos minutos la introduciré en un ataúd. Cuando cierre la tapa creerá que le falta el aire, aspirará ansiosamente. Después oirá el golpe de la tierra sobre la tapa. La oscuridad se licua, las pupilas perciben lo mismo con los párpados abiertos o cerrados. A su compañero le provocó el infarto el tacto de una inocente serpiente de agua. Usted padece aracnofobia leve. Introduciré cientos de tarántulas en el habitáculo. Comenzarán a examinar su cuerpo. Al principio, con las convulsiones mínimas que permite el ataúd, logrará alejarlas. Pasarán horas y horas. Lentamente recorrerán su cuerpo desnudo, buscarán su lengua y su sexo, los únicos focos de humedad. Cuando hayan transcurrido diez horas de enterramiento comenzará el brote psicótico. Enloquecerá conscientemente. Ausencia de secreción salivar, alteración de la presión arterial y disrritmia cortical. Pese a las violentas sacudidas de su rostro contra la guata que protege el féretro, no se despegarán los arácnidos de sus labios. Los masticará para matarlos. Entonces puede aprobar su último test psicotécnico. Si se concentra en el horror, si oprime sus meninges con el peso de la impotencia, podrá provocarse el infarto. En otro caso la agonía será larguísima. Dada la fortaleza de su constitución puede tardar en morir cuatro días.

—¿Qué quiere saber?

La voz de la mujer se quebró, sonidos estrangulados por el hipo. Hablaba, aceptaba un principio de negociación. Se estaba derrumbando.

—Quiero saberlo todo. Pero usted no está convencida, no tiene la certidumbre de mi capacidad de crueldad. ¿Ha visto morir a alguien que se ahoga? El que se ahoga mata a su posible salvador. —Oliveira graduaba las pausas. Sabía que se agrietaba la resistencia, el sujeto negocia consigo mismo, pone en la balanza su deber frente al horror que está padeciendo. Faltaba todavía la fase histérica—. Yo me estoy ahogando, si no salgo pronto pereceré. Carezco de cualquier sentido moral. Me guía mi supervivencia.

Oliveira no alteraba la voz. Preguntó:

—¿Imagina lo que son cuatro días, con el cuerpo desnudo poblado de arañas y tarántulas, esperando la agonía liberadora? Su compañero, el que me facilitó la información sobre usted, fue capturado esta mañana. Aguantó tres horas en el ataúd.

El psicólogo guardó un largo silencio. En una oscuridad total, el reo desea oír de nuevo la voz, precipitar los acontecimientos. Preguntó:

—¿Recuerda los ataúdes que ha visto? Rememórelos: cada adolescente ha visto un ataúd que guarda en un pliegue de la memoria. Ataúdes de caoba, féretros oscuros, cajas de pino claro... Usted tiene el privilegio de poder ver su ataúd, donde la introduciré dentro de unos minutos. La contratapa está guateada, ahoga los gritos. —Oliveira utilizó una voz sedosa para augurar—: Allí dentro morirá de apnea artificial, una dificultad respiratoria provocada por el miedo insondable.

El psicólogo realizó una pausa, aceleraba la fase histérica con aquel intervalo trágico. Explicó:

—Usted no toma conciencia de mi ilimitada crueldad. Cree que soy un técnico experto en bombardear el núcleo de su ansiedad, pero incapaz de llegar a la acción. Tengo mucha prisa.

Tras una pausa de un minuto, Oliveira encendió la linterna y enfocó el nacimiento del machón central que soportaba las escaleras. Con el resplandor pudo contemplar las pupilas del rehén, que buscaban desesperadamente la luz, un asidero de realidad. Los ojos desorbitados, la boca anhelante. Descendió el foco y lo concentró en la tapa del ataúd.

Ella se impulsó violentamente con el espinazo para alejarse de la proximidad de la madera. A los veinte segundos el psicólogo se levantó para amordazarla e interrumpir su grito agudo.

La prisionera sufría un shock histérico. Los impulsos de la amígdala límbicas imperaban. Mucho tiempo después respondía como un autómata a los cientos de preguntas de Oliveira.

Veintiocho

Híjar se aferraba a una idea mientras filtraba con agua destilada los cristales de ciclonita: estaba luchando contra una situación injusta. Pero una duda envenenaba su pensamiento, también podía ser un peón en manos ajenas.

El termómetro de pared de la cámara de almacenamiento de carnes del supermercado señalaba cero grados. El termómetro del crisol, cuatro bajo cero. Tres enormes piezas de ternera y un costillar permanecían colgados en los ganchos de las paredes. Olía a dióxido nítrico pese a que habían colocado un extractor. En el burdo crisol, sumergido en un enorme recipiente relleno de hielo picado, habían cristalizado las moléculas de ciclonita. Podían volar por los aires en cualquier momento. Carmen se negó a abandonarlo, estaba allí, contemplando sus cautelosos movimientos con ojos asombrados.

Híjar filtró los cristales hasta que el papel de tornasol adquirió un color añil. Trabajaba con medios rudimentarios y sin condiciones de seguridad para fabricar explosivo plástico. Aún faltaba mezclarlo con aceite mineral y lecitina para rebajar la inestabilidad termodinámica.

Levantó la vista hacia Carmen, ambos estaban helados. Los labios de la mujer habían tomado un ligero color azulado. Estaba fabricando explosivo pagado por su mirada, el único motor de aquel acto estúpido. Cuando oía la radio, desesperaba. Decenas de periodistas aguardaban detrás de la Audiencia la captura de un grupo terrorista islámico fantasma, mientras los ciudadanos entrevistados reclamaban la pena de muerte. Carmen, a la que le faltaban quince años para alcanzar sus cuarenta y dos, amaba con un ardor desconocido.

Disponía de una tosca balanza para calcular el 11 por ciento de aceite mineral y el 0,6 por ciento de lecitina. Sólo cuando amasara la mezcla disminuirían las posibilidades de explosión. No disponía de aluminio pulverizado. Los oscuros contenedores del ácido nítrico, con una concentración del 69 por ciento, estaban cerrados. Sin embargo tenía impregnado el olfato del maldito olor.

Mientras pesaba el aceite mineral en la balanza recordaba el orgasmo de Carmen. Tenía la imaginación aturdida por la humareda sexual. La mirada, la boca de la mujer habían precipitado una reacción en cadena. Tal vez ella le había salvado la vida con su actuación cuando fue a buscarlo la policía. Carmen cerraba las piernas para apresar el sexo en su vagina y se agitaba hasta provocarse el orgasmo.

Se lo repetía a sí mismo para acabar de creérselo: en una atmósfera infectada por los peligrosos vapores nítricos, trabajando en condiciones precarias, fabricaba explosivo en la cámara de una carnicería. Era increíble. Ella estallaba en un orgasmo prolongado, de sobresaltos mínimos. Después se le reía en la boca y él comía su dentadura. El cuerpo vencido de Carmen sobre el suyo.

A Híjar le ardía la frente aunque tenía los miembros helados. Mediante una barra de vidrio amasaba lentamente la mezcla con las manos protegidas por un doble par de guantes. Después envolvió la pasta en largas tiras de plástico que ella le proporcionaba. A Híjar se le cruzó por la mente la posibilidad de un cortocircuito o el aumento brusco de la temperatura. Estaban terminando la operación.

De súbito sintió rodar el deseo. Ella lo miraba. Habían transcurrido dos días y parecía que Tina, su ex mujer, nunca hubiera existido. Pablo estaba seguro en el otro extremo de la ciudad. Carmen ansiaba dormir con las manos enredadas en el vello de su pecho, juraba que nunca se separaría de él... Resbalaba en la espiral de un tifón tibio.

Terminó de envasar el explosivo, comprobó la temperatura ambiente de la cámara y se quitó los guantes. Redactó una nota, apoyado en los paquetes de nitrato amónico, con doce instrucciones sobre la manera de transportar el explosivo. Le estallaría en las manos a cualquier manipulador inexperto. Aunque el Zuri, además de sus conocimientos electrónicos, mostraba una inteligencia vivaz. Contaban con abundante clorato potásico, pero si no preparaban adecuadamente el dispositivo sólo lograrían fuegos de artificio. En cuanto terminó ordenó:

—Vámonos.

Deseaba respirar un aire que no estuviera viciado por los vapores nitrosos, por el efluvio de muerte contenida. Ansiaba la ventosa de su vagina.

—Mi hermano dijo que volvería a las cuatro de la madrugada —advirtió Carmen—. No debemos arriesgarnos.

—Hemos terminado nuestra misión y tú sabes llegar hasta el sótano. Espero que esté a más de cien metros de aquí. Si esta cámara frigorífica estalla se llevará medio barrio.

Veintidós tiras de explosivo plástico quedaban sobre el suelo de la cámara. En la pared contigua, un costillar de cerdo seguía colgado de un gancho. Conservaría por mucho tiempo, como las piezas de ternera, su aspecto jugoso. Los vapores de dióxido nítrico impedirían la oxidación de la sangre.

Ella caminaba delante por las callejuelas del barrio viejo, registrando los contenedores de basura. La consigna de Oliveira se cumplía cada vez que transitaban por las calles. Híjar la seguía a gran distancia. Si lo detenían no descubrirían su asociación. Faltaban unas horas para que comenzara a clarear. El poderoso aliento del río, una muselina húmeda, amortajaba los edificios. La joven desapareció en un portal que Híjar reconoció. Las calles estaban desiertas. Junto a la puerta de una farmacia, que tenía el cristal del escaparate astillado, dormía un vagabundo.

Otros, movidos por oscuros intereses, habían puesto en marcha la enorme maquinaria, meditó Híjar. La puta rueda de la historia les pisoteaba la vida. Casualmente, neciamente... Las últimas informaciones de la radio portátil que llevó Carmen a la bodega hablaban del malestar de dos grupos políticos. Pero tenían miedo, la hipótesis del terrorismo islámico los amedrentaba. Habían desfilado docenas de cadáveres por las pantallas de la televisión y la masa aplaudía las medidas radicales. El pueblo pedía firmeza, la invasión del barrio y la implantación de la pena capital para el grupo terrorista.

Apresuró el paso. Pensó que quizá el Zuri estuviera en el centro de la verdad: acojonados y pusilánimes. Pero a él le importaba la vida y le traía sin cuidado la verdad. Aquel muchacho, con las ideas en ebullición, transmitía vitalidad. Fugazmente recordó a Oliveira. Había fabricado explosivo para resolver una situación que alguien podría convertir en sarcasmo. «Olvidas el despecho de tu ex mujer con las tetas de manzana verde de la camarera», sería la frase burlona de Oliveira para definir su conducta. Y tal vez tuviera razón.

Se introdujo en el portal y caminó a tientas hacia el

patio interior. Carmen se lavaba en un grifo del patio. La apresó, estaba helada. Sortearon los bidones y chirrió la puerta de la bodega.

—No bajes al sótano, quédate en las escaleras. Abajo habrá todavía vapores del nítrico que almacenaron —le recomendó a Carmen.

—Será un momento —respondió ella.

El Zuri pretendió que elaborara los explosivos en la bodega, sin medios de refrigeración ni extractores, un suicidio. Por fin impuso su criterio y el muchacho y su grupo buscaron la cámara frigorífica de la carnicería de un supermercado.

—Carmen —llamó impaciente—, sal de ahí, puede resultar peligroso inhalar los vapores.

Volvió la mujer con una manta e Híjar notó el aroma. Se había perfumado, había bajado exclusivamente al sótano para perfumarse. En aquellas circunstancias Carmen había reparado en traer un perfume al sótano.

—¿Qué me está ocurriendo, Carlos? —Y la mujer lo envolvía con una manta y se ovillaba entre las piernas de Híjar—. He salido con gente de mi edad, he conocido a muchos tíos. Pero esto no me había ocurrido, lo noté la primera noche en mi casa. Siempre creí que eras el típico acomodado mirón al que volvía loca y ahora no puedo separarme de ti, te necesito, gozo estando a tu lado. ¿Qué me pasa...? Me acuerdo constantemente de mi padre. Yo tenía una posibilidad de salir del barrio, él mismo me podía reclamar. Pero ni siquiera la tuve en cuenta.

Híjar le seguía el rastro del perfume. Tenía la piel fría. Le apretó los pechos por encima del jersey. Le agradaba notar el aliento en su cuello, impregnarse del aroma a madera que desprendía. Carmen le había apresado la nuca con ambas manos, sentada sobre sus rodillas, con las piernas abiertas en torno a la cintura. Híjar no se atrevió a manifestarlo, pero en aquel momento le daba igual que incendiaran el barrio, que tramaran asesinatos... Le besó el cuello y le mordió los pechos por encima de la ropa. Ella se levantó el jersey.

—Tápame —le dijo.

Híjar cogió los extremos de la manta y le envolvió la espalda. Carmen le iba conduciendo la boca de un pecho a otro, le agradaba la succión de los labios de su amante, la dureza de los dientes. Apretó la cara del hombre contra su pecho. Deseaba estar abierta y desnuda sobre él, apresarle el rostro entre los senos, notarlo dentro de ella. Sintió el apremio del deseo en los pezones erizados. Entonces comenzó a desnudarlo, a desabrochar botones, a buscarle el sexo.

Más tarde, sin haber escuchado el ruido de la puerta, percibieron la luz de una linterna que durante unos segundos los enfocó. Se siguieron amando. Podían haberlos descubierto, o quizá fuera el Zuri que se aseguraba de que habían regresado al sótano.

Veintinueve

A Oliveira lo despertó el frío. Encendió un segundo la linterna para mirar el reloj: faltaba una hora para que amaneciera, aunque a la base de la torre no llegaba la luz. Había dormitado dos horas en aquella colchoneta, bajo el arranque de las escaleras. Tocó la pared y se desprendió una costra granulosa. El salitre y la humedad descomponían los ladrillos.

Hacía treinta horas que lo habían herido y dieciséis que permanecía en la torre. Debía salir de allí aquel mismo día, 29 de octubre.

A oscuras, palpando la pared, se dirigió a uno de los rincones del espacio cuadrado. Calculó el volumen de orina, de cincuenta a setenta centímetros cúbicos. Se apretó la gabardina que le había dejado el Tigras y se sentó en la repisa. Tenía los pies helados. Ni siquiera escuchaba la respiración de la mujer que también miraba la oscuridad. Saldría aquel mismo día, sacrificaría a todos si era necesario.

La información de la prisionera, que contestó durante dos horas a sus preguntas en un estado de falsa vigilia, trastocaba su plan. Habían establecido un anillo, con detectores de infrarrojos, en torno al barrio. En los tres últimos pisos de la Torre Verde se centralizaba la información sobre cualquier aproximación, en una banda de cincuenta metros, a las barreras de espino. Era imposible dinamitar el cerco.

Encendió la linterna y repasó el funcionamiento del complejo transmisor que llevaba la mujer. A los quince segundos de emisión, el helicóptero suspendido sobre el barrio, que actuaba de central de comunicaciones, detectaba el punto exacto desde donde se emitía. La prisionera le había explicado, con la voz impersonal de una conciencia fragmentada, que el transmisor disponía de un temporizador de mensajes. Un escáner podría captar las ondas que emitía pero no descifraría los mensajes porque utilizaban secráfonos.

Oliveira se preparó. La pantalla del glucómetro informaba de la descarga de la batería tras realizar las mediciones. El psicólogo miró los resultados, tensó las mandíbulas y maldijo. Un dolor amortiguado, como si comenzara la necrosis en la mandíbula, acrecentó el desaliento. Oyó el ruido de la trampilla. Bebió leche, intentó tragar queso y se inyectó la insulina.

El Tigras enfocó desde la puerta y vio la figura sentada en la repisa, frente a la puerta del pasadizo, que lo miraba impasible. El psicólogo llevaba la gabardina abrochada y soportaba el foco. Tenía la piel de la jeta del color de la uralita y el boquete de la cara azulado.

—Tienen los explosivos. Los moros han entrado esta noche en Coxa y han cogido el material que ordenó el químico. Están fabricados —anunció el Tigras. Barrió la estancia con la linterna y descubrió a la mujer acostada al lado del cajón de muerto. Estaba desnuda, tiritaba y tenía la mirada de los colgados. El cabrón le había roto el tarro por dentro porque no llevaba ningún rasguño. Se acercó y le tocó el hombro. La tía seguía con la boca abierta y los ojos fijos en un ladrillo. Como el Besos cuando le entraba el muermo. Trozos de carne que aún alientan.

Oliveira se percató de la profunda impresión que le producía al Tigras la mirada errática de la mujer y su estado mental: descontrol espacio-temporal y quiebra del tronco de la personalidad.

—Pertenece al GAU, un grupo especializado en antiguerrilla urbana. Su misión era matarme.

El Tigras no respondió. Miró los jirones de las ropas de la mujer y las dos pistolas. Cogió el arma pequeña, nunca había tenido una en la mano.

—No deberías salir con el arma. Sería una prueba contra ti —aconsejó Oliveira.

El Tigras la guardó en la cintura. La luz de la linterna del psicólogo le daba en la cara. Sintió que raspaban un fósforo en su interior y prendía una llama de asco contra aquel tipo.

Oliveira permanecía sentado examinándolo. Le explicó:

—La visión de un enfermo genera en las mentes sanas la compasión. Te ha impresionado el estado de la mujer. Sentirías una emoción similar si hoy me hubieras encontrado aquí con un tiro en la nuca.

El Tigras realizó un gesto airado para apartar la luz de su cara. Apretó la boca y levantó el brazo. Oliveira desplazó el foco y prosiguió:

—Al final de una situación violenta, unos sobreviven y otros han perecido. No hay otra regla. El psicólogo alivió la tensión presentando la meta cercana—: Hoy saldremos del barrio y habrá acabado todo. En tan sólo dos días tu vida va a dar un giro inesperado. No podemos romper el cerco, los planes han variado. Realizaremos la primera acción de fuerza. Memoriza estas instrucciones: en el menor tiempo posible hay que colocar los explosivos en la estructura de un edificio abandonado con un sistema de detonación a distancia. Necesito grabadoras portátiles, grabadoras corrientes, de esas de bolsillo. Emitiré un mensaje grabado mediante el transmisor que llevaba la prisionera, detectarán la posición e invadirán el edificio. Eliminaremos a la misma hora a dos falsos mendigos que vigilan sendas farmacias para recuperar sus emisores. Pasa las órdenes.

—¿Y ella? —inquirió el Tigras.

—Mátala.

El Tigras enfocó a la mujer. La mirada de la tía permanecía ausente, como si no oyera. Hablaban de matarla y no reaccionaba.

—Lo haré yo —decidió Oliveira—. Tú sube el cádaver al campanario.

—¡No!

Al Tigras lo asustó el miedo que le encogía los testículos. El psicólogo guardó silencio. Los esporádicos contactos con el joven no eran suficientes para mantener su predicamento. Intentó convencerlo:

—Si ella hubiera podido matarte ayer, cuando la golpeaste, no lo habría dudado. Lo volverá a hacer en cuanto se reponga. Arrójala al río con un peso.

—¡He dicho que no me sale de los huevos!

Oliveira necesitaba a aquel muchacho. Intentó razonar, aunque un poso de cansancio le oprimía los riñones:

—¿Qué harás con ella? ¿Atarla a la cama como hiciste conmigo? En cuanto se reponga utilizará a tu hermano, saldrá del taller. Lo asesinará. Entonces los minutos de tu vida, como los de la mía, estarán contados.

—¡Lo haré como yo quiera! Pasaré las órdenes y traeré las grabadoras.

El Tigras cogió a la mujer del brazo y le dio la espalda al psicólogo. Le podía meter un tiro en la nuca con la otra pistola, pero sin un mensajero el pichafría se pudriría en la torre. De cualquier manera Oliveira la palmaría pronto, el boquete de la jeta se ennegrecía. Le pareció incluso que la herida ya olía a muerto.

Arturo Yesa apagó la linterna antes de abrir la trampilla y arrastró a la mujer sujetándola del brazo. Faltaba poco para amanecer. La tía parecía que no sabía andar, elevaba las rodillas y no se quejaba de las ramas y las zarzas que pisaban sus pies desnudos. Caminaban acompañados por el rumor del río. Recorrieron la ribera y la introdujo por la puerta del foso. Con la luz apagada, para que el Besos no se despertara ni la viera desnuda, buscó ropas. Tuvo que desgarrar las mangas de una camisa para vestirla sin abrir el candado. Desplegó la cama en el diminuto despacho y la acostó. Como medida de seguridad, pasó una segunda cadena por la atadura de las manos y la amarró a la viga del techo. Después encendió la luz y le curó las heridas de los pies. La tía seguía con la mirada perdida, un cuelgue total. Le cerró la boca y, al dejar de presionar, la mandíbula descendió de nuevo. Aquel rollo comenzaba a arañarlo por dentro. Tenía que hablar con el Zuri personalmente, aunque desobedeciera las órdenes del pichafría.

Oliveira, al conocer los detalles de la operación montada para capturarlo, había decidido una actuación diferente. Cuando se quedó solo repasó mentalmente las instrucciones para manejar el complejo emisor receptor. Se pondría en contacto con el coronel Juárez Cea que, desde el último piso de la Torre Verde, dirigía la operación del Grupo Antiterrorista Urbano con dos objetivos: capturarlo y eliminar al grupo de inmigrantes que disponía de armas.

El Tigras salió de casa y cuando alcanzó el puente del Huerva miró al este. El sol palpitaba como una víscera roja en el vertedero del horizonte. La humareda de Coxa había cesado y las chimeneas oscuras enrejaban el cielo. Esperó a que el ruido del moscardón metálico que sobrevolaba el barrio se desvaneciera y saltó a la calle. Caminó por la Avenida y miró las papeleras. Otros tipos también lo hacían. La cerilla que lo incendió por dentro en la torre lo consumía. ¿Qué hijos de puta habían organizado aquella movida? Se le podía meter un navajazo a un tipo que va por ti, pero aquello era distinto. Barandas parapetados en despachos organizaban invasiones, ordenaban matanzas... Llevaba el picotazo en el cuerpo, un nudo de miedo. ¿Cuándo iba a terminar aquello? Podría abandonar, pero le jodía dejar al Zuri y a los demás colgados.

Giró por Lepanto. De vez en cuando se acercaba a un cubo de basura y lo registraba para pasar desapercibido. El casco viejo de la ciudad olía a perro muerto. Vio la papelera convenida, en cada entrega cambiaban de calle. Sacó el paquete de tabaco con un único cigarrillo, lo encendió, arrugó el paquete y lo arrojó. Allí estaban escritas las instrucciones. Le apetecía quedarse por los alrededores, esperar a que el Zuri cayera por la zona para recoger el mensaje. El Zuri tenía la cabeza bien montada y le podría explicar aquella madeja mejor que Oliveira. Porque parecía imposible que todo fuera tan simple como decía el pichafría: intereses de unos y otros.

Regresó al garaje y encontró al Besos que echaba sorbos de zumo en la boca de la tía.

—¡Tato, mira!

Al menos iba a servir para que Rubén escapara del cepo y sacudiera el acojone del cuerpo. Aunque era una tía y el Besos hervía de calenturas. Su hermano volvía con cuidado el rostro de la mujer y le sonreía. Pero ella no respondía, el psicólogo le había deshecho los sesos con una batidora.

A espaldas de su hermano, el Tigras empuñó el arma. Un objeto frío que le confería un extraño poder. A él le gustaba el dinero, lo necesitaba. Por eso trabajó de colgado y subió a las cúpulas, pagaban bien el oficio de andar por las alturas y él nunca sintió vértigo. Le gustaba mirar a la gente de la calle, hormigas vistas desde un andamio colgado del cielo. Por la pasta complacía los caprichos de las viejas forradas de millones. Pero no mataba, nunca le había dado matarile a un tío. Los muertos le producían canguelo, lo supo el día que encontró a su padre frío en la cama. Se encargó de vestirlo el Riñones, él sólo tuvo que elegir un ataúd y un nicho en un catálogo, los más baratos.

—Tu padre valía más —recordaba que dijo el Riñones.

—Ahora no vale nada.

Encendió el televisor para borrar los recuerdos. Siempre el mismo rollo: imágenes de las colas ante la Audiencia. Decían que habían salido dieciséis mil personas del barrio. Después, las declaraciones de los políticos. Uno de ellos habló como el Zuri, decía que el aislamiento había que cortarlo rápidamente. Representaba un estado de excepción y los ciudadanos quedaban indefensos.

—¡Tato!

El Tigras escondió el arma y se acercó al despacho. El Besos había desabrochado la camisa y sobaba las tetas de la mujer.

—No debes tocarla. Está enferma —le dijo con suavidad.

El Besos dudó y obedeció a su hermano. Se tomaba el zumo y sonreía con malicia.

Oliveira, mientras tanto, controlaba el discurso que podía emitir en trece segundos. Pulsó el botón de transmisión y se encendió una luz verde en el sofisticado aparato: «Mensaje para el coronel Juárez Cea. Habla Oliveira Sancho. Soy la única persona que puede desmontar la farsa, presencié el asalto. Su situación, coronel, es desesperada. No puede prolongar el cerco actual. Quiero negociar. Volveré a llamar a las quince horas».

Treinta

Al Zuri le sorprendió el temblor de las manos cuando miró la hora de nuevo, 14.48. Podía deberse al café, no llevaba otra cosa en el estómago. Con Fattah habían apurado una cafetera después de colocar los explosivos. O se debía a la tortura de sus ideas, alambres en el cerebro. Temblaba de miedo y sentía el pulso en las yemas de los dedos. Miedo a matar, miedo a equivocarse.

Llevaba tres horas encerrado en los baños del garaje, en el tercer sótano de los viejos almacenes. Habían dispuesto los explosivos contra los pilares de un edificio de siete alturas situado a medio kilómetro de la Audiencia. Los antiguos almacenes Mir distaban dos manzanas de la Avenida, la única calle transitada. El edificio fue abandonado cuando se descubrió la aluminosis que afectaba a la estructura.

El grupo confiaba en él, no podía fallar: Fattah, Carmen, el químico, el Tigras... Y Oliveira. A los dos últimos no los había vuelto a ver desde que comenzó la acción, sólo recogía los mensajes. Había oído una docena de veces la cinta grabada por el director de Coxa: «Un ensayo de instauración del fascismo...». Cuando leyó las instrucciones en el paquete de cigarrillos se admiró de la astucia del psicólogo. Sin él, colocado por el azar de parte de los demócratas, nunca se desmontaría la patraña.

Pasaba los dedos abiertos por el cabello, se apretaba el cráneo como si quisiera extraer la responsabilidad de su cerebro. Las baldosas blancas del baño lo oprimían, necesitaba salir, respirar, moverse. 14.51. Oliveira había tramado la voladura del edificio, la primera demostración de fuerza antes de la huida. Ordenó que colocaran los explosivos en la estructura de un inmueble abandonado. Desde allí, con el móvil que le habían intervenido a un soldado capturado, se emitiría el mensaje grabado. El helicóptero localizaría la llamada, y la Torre Verde, donde estaba instalado el cuartel general de Juárez Cea, el coronel encargado de capturar a un inexistente comando islámico y a Oliveira, daría las instrucciones para invadir el edificio. Entonces, cuando los miembros del ejército se encontraran dentro, él activaría la carga explosiva mediante una batería conectada a un condensador.

Un bautizo de sangre. ¿Sangre necesaria? Eligió voluntariamente la tarea de conectar las baterías para eludir la misión alternativa. Estaba incapacitado para matar directamente, para disparar contra los dos agentes disfrazados de mendigos que hacían guardia ante sendas farmacias. Aunque ahora iba a matar, estaba esperando el momento. Las dudas lo devoraban, sólo un puñado de personas sabía qué estaba sucediendo. No contaban con el respaldo de la opinión pública ni con el apoyo de los medios. Estaban solos, cargados de verdad. Volvía a peinar los cabellos nerviosamente. El tiempo se había detenido.

Híjar recelaba de Oliveira, pero acabó por convencerse. Al principio se negó a precisar las instrucciones de detonación. Aseguró que el explosivo les estallaría en las manos a los posibles manipuladores, pero que no matizaría ninguna instrucción antes de escuchar el mensaje grabado por el director. Híjar fue sarcástico, puso ejemplos de otras maniobras del psicólogo.

Escucharon la cinta en la bodega. La sagacidad de Oliveira le había llevado a prever los detalles: sonaban los tres pitidos de un reloj de muñeca y se oía confusamente el estribillo del informativo de sobremesa al comenzar la grabación. Cuando finalizó el mensaje de Oliveira, el químico dio las instrucciones. Afirmó que eran media docena de locos que intentaban cambiar el curso de un río desbocado.

Locos con la verdad a cuestas. Tenía que dominar los nervios. Las 14.58 del día 29 de octubre, una fecha histórica. Había llegado el momento.

Caminó por el tercer sótano de los antiguos almacenes. Echó un vistazo al explosivo camuflado en bolsas de basura e introducido en bidones lastrados con tornillería. Habían instalado quince puntos explosivos junto a otros tantos pilares de hormigón. Abrió la trampilla de ventilación de los garajes, depositó el móvil y la grabadora y puso en marcha ambos aparatos. Se iluminó un piloto verde del móvil. La voz pausada de Oliveira comenzó: «Al coronel Juárez Cea. Habla Oliveira Sancho. Le supongo enterado de los hechos que paso a recapitular...».

Justo en aquel momento sonaban tres pequeños pitidos de reloj y el estribillo de un informativo, como si la llamada se efectuara en vivo. En quince segundos localizarían el lugar desde donde se emitía. El Zuri ascendió a zancadas las escaleras del tercer sótano, cruzó el descansillo y comenzó a subir la rampa del segundo.

«El 27 de octubre, al amparo de las intensas lluvias, se produjo el asalto a Coxa. Fue atribuido a un grupo terrorista islámico.» El Zuri repetía mentalmente el discurso mientras corría, se sabía de memoria el contenido. «Yo, que presencié la invasión, sé que el grupo asaltante forma parte de una unidad especial del ejército.» Atravesó en diagonal la primera planta y buscó la ventana que les había servido para entrar. Saltó a un patio interior. «Los magrebíes que usted ha capturado o asesinado, algunos de cuyos rostros han exhibido por televisión, no tenían capacidad para llevar a cabo el asalto.» Ya estaba fuera del edificio. No controlaba el cuerpo, tenía que aparentar normalidad mientras caminaba. «Mi hipótesis es la siguiente: la multinacional, una de cuyas factorías dirijo, financió la campaña electoral del PDP debido al interés que despertaban algunos puntos del programa...» Torció por el callejón y penetró en un portal. El discurso de Oliveira duraba tres minutos y veinticinco segundos. «Expulsión de emigrantes, pacificación del barrio y desalojo de okupas, en su mayor parte pertenecientes a grupos ecologistas críticos con Coxa.» Habían transcurrido setenta segundos desde que puso la cinta en marcha. Subía con precipitación las escaleras de un bloque de viviendas situado en la misma manzana que el edificio de los grandes almacenes. «El PDP pagó la deuda con una operación arriesgada. Desconozco el grado de implicación del Ministerio del Interior, o si en la actuación sólo está involucrada una parte de mandos del ejército. Coxa recibirá indemnizaciones para trasladar su planta.» Abrió la puerta del último piso.

Antes de acercar el rostro a la cortina de la galería posterior, oyó el motor del helicóptero que sobrevolaba los tejados. Las previsiones de Oliveira se cumplían con exactitud. En el suelo de la habitación, junto al ventanal, estaban las baterías preparadas para ser conectadas a un condensador, tal como le había explicado el químico. Cuando efectuara la conexión, el condensador actuaría como un detonador.

«La anulación del turno de noche, el conocimiento de códigos de acceso a la planta, y el incendio selectivo de las naves de la factoría para salvaguardar la tecnología demuestran la implicación de la multinacional.» El martilleo de las palas del rotor del helicóptero le golpeaba en los oídos y le disparaba el ritmo del corazón. Miró el reloj. Era el momento en que Oliveira acusaba. «Estamos ante un hecho gravísimo, cuya implicación política no se le escapa. Un ensayo de instauración del fascismo. Las encuestas que hace unas horas divulgaron los medios auguran un triunfo absoluto del PDP en seis comunidades, en caso de celebrarse elecciones inmediatas. La masa aplaude las medidas draconianas impulsadas por esa formación política.»

La estrategia estaba funcionando. El helicóptero descendía, se inmovilizaba en el aire y cinco hombres saltaban a la azotea de los antiguos almacenes. Yamaletil había realizado correctamente su trabajo: el extremo de los doscientos metros de cable conectado a los detonadores llegaba hasta la galería exterior de un piso abandonado de emigrantes. «Por otro lado, la exactitud de la operación ha permitido un engaño público generalizado.»

Un nuevo helicóptero batía el aire con las palas, casi podía distinguir el rostro de los soldados que saltaban desde el aparato a la azotea. Otros tal vez estuvieran entrando por la planta baja. «Yo puedo desmontar la farsa. Entre otras, también se establecerán sus responsabilidades.» Ya habría acabado el discurso de Oliveira y la cinta seguiría girando. Las manos le temblaban. Tenía que ensamblar las dos abrazaderas a los bornes de la primera batería. Moriría gente. Él mismo había elegido aquella misión para no tener que llevar a cabo la segunda, que se desarrollaba paralelamente. Y Oliveira había ordenado que a la misma hora eliminaran a los dos falsos mendigos que vigilaban sendas farmacias y se recuperaran sus trasmisores móviles.

Vio el tercer helicóptero. Tenía que hacerlo antes de que saltaran los soldados a la azotea. Conectó la abrazadera al primer borne y cuando aseguró la segunda miró a través de la cortina. El edificio se levantó del suelo, permaneció suspendido en el aire un milisegundo y se desplomó. Percibió a la vez el sonido y la onda expansiva que rompió los cristales. Tres cuartas partes del edificio se habían derrumbado aplastando un inmueble vecino. Ya habrían ejecutado a los dos falsos mendigos.

Tenía que salir de allí rápidamente pero sus piernas no le obedecían. Llevaba las ropas empapadas de sudor. Miró por última vez a través de la cortina y observó al helicóptero, con las puertas laterales abiertas, que se elevaba. Los ocupantes miraban atónitos hacia abajo. Se habían salvado.

Le dolió el cielo, un cielo azul que le clavó agujas en los ojos. Descendió con lentitud las escaleras, abrumado. Las ideas de libertad y democracia le habían ensuciado las manos.

El Zuri caminó ausente por las calles. Sin adoptar ninguna precaución se dirigió al sótano para realizar la misión de enlace. Los dos nuevos transmisores estaban ocultos en el fondo de una bolsa llena de fruta podrida. Caminó hacia el río y arrojó la bolsa en el lugar convenido, la cuarta papelera de la Avenida, frente a la valla publicitaria del whisky Cer2. El Tigras la recogería y la entregaría a Oliveira.

Treinta y uno

El pichafría era distinto, una cabeza capaz de descubrir lo que nadie veía, pensaba el Tigras. Era como la carne muerta de su mano: actuaba pero no sentía. Había volado el edificio de los almacenes Mir con diecisiete agentes dentro. Les hizo creer que él estaba en el interior y ellos tragaron. La televisión hablaba de una posible invasión del barrio por el ejército. Una vieja que encuestaron por la calle decía que había que colgar a todos los inmigrantes que quedaban en Quimicox.

Arturo Yesa sopesó su propia importancia, como si tuviera en la mano una fruta de plomo: lo que ellos hacían salía en las pantallas de medio mundo. Estaba en el corazón de la manzana, aquellas cintas valdrían un pastón. Toda la movida de televisiones y periodistas se chupaban el marrón, largaban putas mentiras. Dentro de poco él explicaría ante las cámaras de *Celulitismix*, a la tía que presentaba el programa, lo que había ocurrido en realidad. Doña Celu tendría tema para varias semanas. Aquel día se pondría una camisa de Coupas.

A las cuatro de la tarde recorría el callejón del Doncel para salir a la Avenida y recoger el paquete de frutas podridas con los transmisores. El psicólogo únicamente se parecía a los demás en la flojera del cuerpo. Que se joda.

El tiro en la boca lo había dejado roto, se arrugaba como un papel al arder.

Hasta ahora el director había acertado, parecía Dios, y quizá aquella noche salieran del barrio. Pero el barrio era su mundo, conocía cada recodo. Era urgente escapar porque la tía que metió en casa se recuperaba con rapidez aunque se lo montaba de colgada. Escaparía con el Besos y dejaría las cintas donde estaban, nadie las encontraría. Ya les llegaría su momento, serían la bomba informativa. De todo aquel cirio sólo él tenía las pruebas.

Cogió la bolsa de fruta de la papelera y caminó hacia el río. Lucía el sol antes del atardecer. El psicólogo había anunciado que se multiplicaría la vigilancia en el barrio. Para descubrirlos tendrían que levantar las viviendas del barrio una por una. La cabeza del pichafría tenía previsto cada detalle.

Arturo Yesa decidió pasar por el taller. Desde la madrugada, cuando metió a la tía en casa, el Besos acarreaba comida al despacho y había colocado el minitelevisor portátil sobre una repisa. Cuidaba a la chorba como a una reina. Le daba miedo que de nuevo acertara el psicólogo, anunció que en cuanto mejorara, la prisionera no dudaría en cargárselos. Porque la tía fingía. Mantenía la cara de sonada del primer momento pero tenía enganchado al Besos, que estaba loco con la folladura.

Encontró a Rubén en el despacho, sentado en la cama y sobando a la mujer. En un rincón se amontonaban trozos de queso, botes de zumo y embutidos. Vio un envoltorio de papel de aluminio, lo palpó y descubrió los alicates.

—¡Rubén! ¿Te ha dicho ella que trajeras los alicates?

El Tigras se percató de la expresión de su hermano: los párpados semicaídos, la boca abierta y los poderosos músculos del cuello tensos. Un animal que lo iba a agredir. Se echó hacia atrás pero no pudo evitar el golpe que lo desequilibró. El Tigras sintió la tenaza del brazo de su hermano que le apretaba el cuello. Cogió el puño del Besos y tiró con todas sus fuerzas para desasirse, pero la pinza de Rubén, reforzada por el peso del cuerpo, era inamovible. El Besos babeaba y mantenía los ojos entornados, como en las crisis más chungas. Aquel cabrón lo podía estrangular. Disparó la rodilla libre, que impactó en el estómago, y el Besos aflojó la pinza. Consiguió soltarse y le propinó un bofetón con todo el brío. El Besos cayó de rodillas a sus pies. Le oyó balbucear:

—Tato, tato. Tato...

Le dolía la palma de la mano. Le levantó la cara y lo vio llorar mansamente. Entonces sintió el tirón del asco y lo abofeteó de nuevo. Rubén rodó como un saco.

—¡Tato, tato!

Recordaba a su padre, indiferente con él y atento con el subnormal. Le costó contener las piernas. Deseaba pisotearlo, machacarlo. Tenía otra vez razón el hijoputa de Oliveira. La tía se los cargaría. Le dolían las manos, le dolía hasta el vértice de carne muerta. No supo cuántas veces había derribado a su hermano. Rubén sangraba por la nariz.

—¡Límpiate! ¡Saca el pañuelo! ¡Y deja de llorar!

Se sentó a su lado, en el suelo, y el Besos lo abrazó sin dejar de balbucear el estribillo. Miró a su hermano y sintió un odio viejo. Poco a poco se serenó.

El Tigras inspeccionó el despacho y encontró una tenaza entre la comida. Recogió todas las herramientas y las guardó bajo llave en el antiguo arcón metálico de su padre. Aquello tenía que acabar. Revisó el estado de las cadenas que sujetaban a la tía. Le cogió el mentón y le volvió la cara.

—¡Me dijeron que te matara, zorra! ¡Y te puedo echar al río ahora mismo! Pero ¡no me gustan los muertos! ¡Odio los muertos! —mascullaba los gritos, estaba fuera de sí—. ¡Ten cuidado! ¡Sé que estás fingiendo! ¡Te juro que la próxima vez que utilices a mi hermano te encontrarán en el Iboa comida por las carpas!

Treinta y dos

«Una invasión del ejército equivale a una declaración de guerra contra una minúscula parte de nuestra propia población. A esta disyuntiva nos ha llevado el secretismo, la aceptación del aislamiento del barrio y la política de hechos consumados del PDP y el gobierno.»

Oliveira escuchaba las informaciones de la radio acostado en la colchoneta, bajo el primer tramo de escaleras de la vieja torre. Las noticias se centraban en un tema: el grupo terrorista islámico emboscado en Quimicox. Era media tarde pero en el interior de la torre, en aquel espacio lóbrego, se perdía la noción del tiempo. Comenzaban a alzarse las voces críticas. No se había desvestido desde que llegó a aquel habitáculo el día anterior y la gabardina apenas le abrigaba. Cambió de emisora. «Las declaraciones del coronel Juárez Cea, que hoy se ha sabido que dirige la operación antiterrorista, no explican las razones que le llevaron a meter a sus hombres en una ratonera...»

Eludía la tentación del sueño, una telaraña que se desplegaba en los senos frontales. Los responsables de la operación se encontraban en una situación política desesperada. «... indicar que nos hallamos ante un grupo terrorista con medios inusitados. ¿Por qué se nos dijo, tras la captura del primer grupo, que la estructura humana del comando asesino había sido desmantelada?»

El psicólogo se proyectó en la situación de Juárez Cea, el elemento crucial de su plan de salida. Un militar hostigado por los políticos y la prensa y responsable de un error gravísimo. Su carrera estaba destruida. Necesitaba un triunfo inmediato para resarcirse.

Oliveira consultó el reloj: las cinco menos diez de la tarde, 29 de octubre. La pequeña maquinaria que había puesto en marcha conseguía una eficacia extrema. La efectividad de la sorpresa. Híjar era un técnico competente, una casualidad que el azar puso en sus manos. El Tigras, un animal suburbano, no sería asociado con el director de Coxa. El muchacho arrastraba una debilidad, en ningún momento había asumido que se jugaba la vida. De lo contrario habría matado al rehén. Si la mujer permanecía con vida, la ruptura de la cadena sobrevendría tarde o temprano. El Zuri resultaría insobornable y tenaz, un joven comprometido con sus principios hasta rozar el fanatismo. Su teoría se veía alimentada por la práctica cotidiana: la Ley de Participación Sanitaria le robaba el salario para costear la enfermedad del padre.

Sin embargo, todos seguían vivos a causa de un error básico: la jefatura del GAU nunca creyó que estaba luchando contra un grupo terrorista. Sabían que tenían que reducir a una veintena de magrebíes asustados, que se defendían de las juventudes del PDP. Durante los meses anteriores los magrebíes asesinaron a unos cuantos agresores con las armas que les proporcionó un compatriota enriquecido.

Un cuerpo antiterrorista, como el GAU, en el caso de enfrentarse a un comando real, no puede cometer chapuzas: dejar sin vigilancia un almacén químico o penetrar en un edificio sin comprobar si estaba minado.

Ahora actuarían contra un enemigo real y el castillo de

naipes se derrumbaría en cualquier momento. Comprenderán la colaboración de Híjar, conocerán la fuente y composición de los explosivos, dispondrán de las huellas de quienes manipularon los detonadores, por las balas encontradas en los cuerpos de los dos agentes asesinados sabrán que se está utilizando el armamento de los magrebíes... Un juego para el coronel.

La cadena saltará en pocas horas, Juárez Cea pondrá todo su celo y pericia en el empeño. Un eslabón roto, el Tigras, Zuriabeitia, Híjar, cualquiera delatará al siguiente, usarán medios salvajes para extraer información. Conectó de nuevo la radio. No informaban sobre los asesinatos producidos frente a las farmacias y necesitaba con urgencia los transmisores. Aquella misma noche debía resolverse la situación. Lo precisaba el coronel y le urgía a él mismo.

Oliveira notó la presión de la vejiga. Se levantó y orinó en un rincón: más de cien centímetros cúbicos. Si llegaban los transmisores aún quedaba una esperanza. Apenas le dolía la herida, notaba la piel de la mandíbula helada, aunque aumentaba un sabor de boca infecto. Cogió el cuchillo de postre y ascendió las escaleras. Hasta el segundo cuerpo de la torre, donde comenzaban las labores mudéjares, no se abrían los óculos de iluminación. Oía el aleteo de las palomas en el campanario. La luz le hirió los ojos.

Desde el cuerpo superior de la torre se divisaba una parte de la Avenida y dos calles del casco viejo. Durante las primeras horas que pasó en la torre observó aquella porción del barrio. Con la ayuda de los prismáticos descubrió a la mujer que paseaba siempre en la misma acera. Tardó en comprender que hacía guardia ante una farmacia. Después ella misma le confirmó que habían establecido vigilancia en las ocho farmacias del barrio y en el centro de salud. Explicó los detalles que conocía del plan de la comandancia, establecida en el último piso de la Torre Verde.

No subiría hasta el campanario de la torre de San Miguel, la debilidad lo agotaba. Acercó la cara al hueco por donde penetraba la luz y colocó la hoja del cuchillo frente a los ojos. Podía observar un fragmento de su rostro. Miró la herida: había adquirido un halo amarillento que cubría la mejilla. Las limitaciones del improvisado espejo le impidieron comprobar si la parte oscura mostraba la lividez de la gangrena. Su piel se insensibilizaba a la altura del cuello. La barba crecida y los iris velados le recordaron el aspecto de su padre. Guardó el cuchillo en el bolsillo de la gabardina y miró la ciudad. La tarde se colmaba de gasas azules. La humedad de las últimas lluvias, recalentada por el sol otoñal, elevaba un sopor que difuminaba las aristas de la Torre Verde. El alboroto de las palomas le recordó un aleteo de vida, un esplendor de cúpulas bañadas de luz. Quizá el trasplante de células beta tuviera que posponerse. Pero seguiría vivo. Los diabéticos que pisoteaban su orgullo y asumían la enfermedad llegaban a ser longevos.

Se palpó la barba áspera, la piel blanda y mortecina, y durante unos segundos se dejó arrastrar por la nostalgia. Volvería a oler la resina de los pinos, sentiría «el viento de marzo bajo los vestidos». No se iba a dejar matar.

Oliveira se levantó y comenzó a descender las estrechas escaleras de ladrillo que unían el machón central con la pared. Sobreviven los fuertes, los que logran aplastar un sentimiento en el momento oportuno. Sintió la misma energía que lo colmó a los veinticinco años, cuando comenzó a recibir parabienes por sus conocimientos psicológicos.

Se sentó en la repisa y esperó. Sopesó el trozo de tablón que bajó del campanario el día anterior, flotaría perfectamente. Oyó la trampilla y los pasos cautelosos del

Tigras. El foco de luz le cayó sobre el rostro. El muchacho depositó la bolsa y él, con sumo cuidado, extrajo las manzanas y enfocó los transmisores. Levantó la linterna hacia el Tigras y percibió la brasa en la mirada. Al muchacho le había agradado la voladura del edificio y la respuesta de los medios informativos. Volvía a confiar en él.

—Saldremos esta noche —le anunció—. ¿Está preparada la vivienda que te dije?

—Un piso cerca de San Carlos, ahí mismo. Hay docenas de pisos vacíos.

—Debéis extremar las precauciones. Nunca como en este momento ha existido una vigilancia tan sofisticada en el barrio. Todos estaréis pendientes de la radio y el televisor. Si anuncian que varios mediadores entran en el barrio, todo va bien. Cuando los mediadores estén aquí los mandos tendrán las manos atadas por temor a una ejecución. Nosotros emprenderemos la huida. Vendrás cuando oscurezca para recibir las últimas instrucciones.

El Tigras guardaba silencio y asentía. Comentó:

—Salió bien el reventón del edificio.

—Sí. —Oliveira advertía otra vez la admiración en la voz del Tigras y una especie de obstinación por alcanzar el final del túnel—. Pero ahora saben mucho más. Huellas, procedencia de explosivos, número de componentes del comando... Ten cuidado, enciérrate en el taller... Y vigila a tu rehén.

Cuando Oliveira quedó solo recorrió el pasadizo y levantó mínimamente la trampilla. La entrada del pasadizo, rodeada de olmos y maleza, distaba diez metros del río. Enviaría el mensaje en aquel momento, no podía esperar al anochecer.

Conectó la grabadora y volvió a cronometrar el tiempo. Durante dieciocho minutos la cinta que había grabado no emitía sonido alguno. A partir de ese momento, cuando la corriente del río hubiera alejado el tablón, comenzaría a sonar su voz. Oyó de nuevo el mensaje que ya había grabado: Al coronel Juárez Cea. Habla Oliveira Sancho. Comprendo cómo se siente, coronel. Durante tres meses impartí clases de psicología conductual a los mandos del ejército de USA, le supongo al tanto de mi currículo. Conozco la personalidad del militar. Sé que usted permanecería impávido mientras le vaciaran un ojo si a cambio pudiera apuntarme con su arma reglamentaria. Somos dos personas tenaces enfrentadas a la situación más difícil de su vida. Usted se juega su carrera, prestigio y dignidad. Pasará a la reserva con un expediente manchado. El director del GAU es un inepto. Poco a poco sus amistades le volverán la espalda y caminará por la vida avergonzado. Un militar íntegro en su caso se suicidaría.

»A mí me quedan pocas semanas de vida si no soy ingresado en una clínica especializada. Un miembro del grupo invasor de Coxa me detuvo a la salida, donde arrancan las escaleras de seguridad. Maté al número de un disparo en la tráquea, revise el informe del asalto. El soldado me disparó en la boca, atravesándome la mejilla. Quedaron restos de sangre en el arranque de escaleras y en la azotea. Compruébelo, tengo la sangre del grupo o con Rh positivo. Debido a la diabetes, la pérdida de sangre y la ausencia de dieta, mi deterioro es grave. Consúltelo con mi endocrino, doctor Costa Ababuj. Se entenderán bien y le asesorará sobre mi capacidad y constancia para las empresas que emprendo.

»En esta tesitura, le propongo una salida que nos beneficia a ambos. Usted será encumbrado y se le abrirán las puertas del generalato. Yo salvaré la vida.

»Va a oír el posible comunicado de prensa que dará a las agencias esta madrugada:

»Un audaz golpe de mano del Grupo Antiterrorista Urbano pone fin a la trágica situación de Quimicox. En la acción ha sido detenido el director químico de Coxa, cerebro y máximo responsable del comando terrorista islámico. Carlos Híjar, el director químico, estaba involucrado en la lucha de los magrebíes desde hacía tiempo. Lo introdujo en el ambiente islámico el hermano de su amante, Jaime Zuriabeitia, sindicalista y apasionado miembro del Comité de Defensa de los Inmigrantes. En la operación ha sido liberado Oliveira Sancho, director de Coxa. En un principio se creyó que Oliveira había planificado o dirigido el asalto. Sin embargo, la brillante acción del GAU ha conseguido liberarlo con vida. El grupo terrorista lo mantenía secuestrado en condiciones inhumanas. Hoy se repone del disparo recibido en la boca en el momento de la invasión.

»"En la acción, que ha durado hasta la madrugada, se han intervenido numerosos explosivos que Carlos Híjar, director químico y jefe del comando islámico, extraía de Coxa. El grupo terrorista ha quedado desarticulado y se levanta el cerco sobre Quimicox."

»Como observa, en el comunicado se han resuelto las contradicciones en las que ustedes habían incurrido. Ahora sí existe un grupo terrorista verosímil: atentado en los viejos almacenes. Ahora dispone de una persona, Jaime Zuriabeitia, que mantuvo contactos reales con el colectivo islámico y fue miembro del CDI. Ahora también puede entenderse el móvil para invadir Coxa: a los ojos de un sindicalista, Zuriabeitia, los inmigrantes eran discriminados en la planta y se decidió a asaltarla. Por último cuenta con un técnico capaz de suministrar y preparar los explosivos. Posiblemente, en el audaz golpe del GAU, Híjar y Zuriabeitia tengan que morir para no contradecirme.

»¿A cambio de qué? Mi vida.

»Un avión directo a Nueva York. Desde el avión daré la orden para liberar a los mediadores y toda la información sobre el grupo.

»Naturalmente usted no se fía de mí. Le propongo que tres mediadores voluntarios entren al oscurecer en el barrio. Cuando ellos estén en poder de mi grupo yo me entregaré. Sé que el asunto de los mediadores no será, a priori, aceptado por sus mandos. Déle la vuelta. No son mediadores del gobierno ni representantes del GAU, simplemente son personas que por propia voluntad entran en el barrio. Un comunicado oficial expresará que las autoridades no se hacen responsables de la intención de señaladas personalidades de penetrar en el barrio cercado.

»Cada uno de los individuos que le propongo aceptará la invitación:

»Doctor Costa Ababuj. Hable en privado con él. Dígale la verdad, será el único de los mediadores que la conozca. Escuchen a solas esta grabación. Posiblemente usted ya conoce al endocrino. Quizá sea uno de los cerebros de esta operación en la que me he visto desagradablemente implicado.

»Padre Novoa. Vive para las cámaras, se nutre del protagonismo audiovisual. Su participación aumentará las ventas de las prendas de ropa que fabrica.

»Secretaria de la Cruz Roja de la Comunidad. Han aparecido rumores en la prensa sobre malversación de fondos. Su figura está en entredicho. El próximo reparto de fondos puede verse condicionado por su oscura gestión. Participará en una misión humanitaria, sobre la que están puestos los ojos de la prensa nacional e internacional.

»Nos apremia el tiempo a ambos. Tal vez en una subsecretaría estén firmando su destitución. A las once de la noche caminarán los tres mediadores por la Avenida Central del barrio de Quimicox. Hora y media después me tendrá usted en su despacho.

»Actuaremos ambos como caballeros. Ningún emisor camuflado en los mediadores, ningún seguimiento de sus pasos. Yo mantendré a los comandos suicidas paralizados. Un hombre bomba que se acercara a las largas colas formadas frente al edificio de la Audiencia ocasionaría una masacre, que no podría ser ocultada porque tiene a cientos de periodistas pendientes del desenlace de este asunto detrás de la plaza de la Audiencia. Recuerde que ustedes han asesinado a familias enteras de magrebíes. Cualquier superviviente está dispuesto a cometer un atentado suicida. Su desprestigio sería total y aumentarían las voces que mencionan su ineptitud.

»Hable rápidamente con Costa. Él sabe que cumpliré mis amenazas.

Oliveira programó el temporizador del móvil. A los dieciocho minutos de ser conectado comenzaría a emitir.

Ató la grabadora y el emisor al tablón y abrió la trampilla que daba a la ribera. Alcanzó la orilla del río en unos segundos, pulsó la tecla del magnetofón y conectó el transmisor. Colocó el tablón en la superficie del agua, comprobó la flotación y lo impulsó hacia el centro de la corriente. La extraña embarcación se deslizaba por el centro del Huerva. Si no la entorpecía una rama llegaría a alcanzar el Iboa en una hora, porque avanzaba a una velocidad de medio metro por segundo.

Regresó a la torre, controló la hora y se tumbó en la colchoneta. Si permanecía acostado aumentaba el volumen de orina.

Media hora más tarde oyó un rumor sordo que había aprendido a distinguir: todas las palomas del campanario, asustadas, emprendían al unísono el vuelo. A los pocos segundos distinguió el motor del helicóptero que volaba a baja altura. El sonido se alejaba, seguía el curso del río. El emisor había funcionado y el mensaje ya estaba en manos de Juárez Cea. Si era inteligente aceptaría, no tenía otra alternativa. La conclusión de los acontecimientos encumbraba al militar. Volvió a oír el motor del helicóptero que vigilaba el río, no podrían determinar el lugar donde fue arrojado el tablón. El helicóptero se alejaba de nuevo.

Oliveira miró el segundo transmisor móvil que aún conservaba en su poder. Tenía conectada la escucha. De nuevo, como sucedió cuando apresaron a la mujer, emitían en una frecuencia distinta y sólo se oían interferencias.

Treinta y tres

Salió abriendo el informativo de las siete de la tarde. Aquel día, 29 de octubre, parecía eterno. Un tío, médico especializado, largaba por la pantalla. Venía a decir que su obligación profesional estaba por encima de la palabrería de los políticos y anunciaba que entraría en el barrio como mediador porque lo había pedido el jefe del comando. Hablaba como el cabrón del psicólogo, con frialdad, tipos a los que no les corre el miedo ni la alegría por las venas.

El Tigras bajó el volumen del televisor. ¿Qué haría con la mujer si se largaban aquella noche? La dejaría allí, con la comida a mano que le había preparado el Besos.

Después, en la tele, entrevistaron al cura que fabricaba pantalones vaqueros en las iglesias. El tipo, con la barbita canosa y un círculo afeitado en la coronilla, iba de apóstol. Los vaqueros llevaban un círculo de arpillera en el bolsillo de atrás, como el que llevaba el cura en la cabeza. La chorba de la Cruz Roja también dijo aquello de su libertad personal.

De nuevo se había marcado un bingo el psicólogo: tres mediadores entrarían aquella noche en el barrio. Fuera se estaba armando el pollo, porque los políticos no se ponían de acuerdo.

Ya había oscurecido y el Besos estaba tranquilo, aunque en cuanto él saliera acudiría al despacho a sobarle las tetas a la tía. Era la primera vez que Rubén, a sus veintitrés tacos, se llenaba las manos con unas tetas verdaderas.

Entreabrió la puerta, vigiló la ribera y se dirigió hacia la trampilla del pasadizo que comunicaba con la torre. Estrellas menudas como alfileres herían el cielo. Enfocó al fondo del espacio de la torre y vio la jeta del psicólogo, seca como una máscara. Escuchó las últimas instrucciones. Tenía que volver allí con uno de los mediadores, el médico. El Zuri recogería a los tres mediadores en la Avenida y los llevaría al piso que habían preparado. Aquella noche, pensó el Tigras, estaría con tipos que habían chupado pantalla, como le ocurriría a él un día.

Arturo Yesa tenía que dejar el mensaje para el Zuri en la papelera convenida. Accedió a la calle Riera por la parte opuesta a su casa. Recorrió el callejón del Doncel y a cada paso revolvía la basura maloliente. Anduvo hacia el Iboa siguiendo las advertencias del psicólogo: nunca debía realizar el mismo recorrido. Le impresionó la mole de la catedral, con los estribos de piedra agarrados al suelo. El barrio olía a orines, no funcionaba la recogida de basuras. Salió a la Avenida desierta, ocupada únicamente por coches aparcados, muchos de ellos con los cristales saltados. La gente que quedaba inmigrantes y parias que nadie había reclamado, se pegaba al televisor esperando o temiendo la invasión del barrio.

Se detuvo en el contenedor, bajo las vallas publicitarias. Obedecía a rajatabla las consignas de seguridad. Sucedió de repente, parecía que habían salido de las alcantarillas. Le aplastaban la cara contra la pared mientras le abrían las piernas y los brazos. Lo registraron minuciosamente y le sacaron el carné y el paquete de tabaco de los bolsillos. Un objeto frío, como el morro de una botella de cerveza, le besaba el cuello. Lo volvieron de frente. El cañón de una pistola le apuntaba a los ojos. Los tíos miraban su carné.

—Vives en la calle Riera, 6. ¿Dónde está?

—Cinco calles más abajo.

—¿Por qué sigues en el barrio?

—Mi tía, no logro localizarla. Estuve en la Audiencia y me dijeron que no me había reclamado. Tengo que volver mañana, mire.

Sacó con lentitud, como había aconsejado el psicólogo, la tarjeta del bolsillo trasero. Allí constaba el nombre y teléfono de la hermana de su padre. Uno de ellos leyó la tarjeta y les hizo un gesto negativo a los otros dos. Se apartaron un paso y el que lo apuntaba enfundó el arma.

—La noche del temporal no pillé y no tengo comida —prosiguió el Tigras.

Estamparon su huella en un cristal, la compararon con otras y le ordenaron:

—¡Largo!

El Tigras recogió el carné y el paquete de cigarrillos y siguió caminando por la acera de la Avenida. Hijos de puta. Teníais que haber estado en los almacenes Mir. Arrugó el paquete de tabaco, lo arrojó a la papelera convenida y regresó. Entre el papel de plata y el forro del paquete estaban las instrucciones para el Zuri.

Treinta y cuatro

«A Oliveira Sancho de Juárez Cea.» «A Oliveira Sancho de Juárez Cea.» El transmisor móvil repitió una vez más la frase. El psicólogo no podía precisar, tras analizar la voz que emitía el aparato que tenía sobre las rodillas, la edad del coronel, pero tal vez era muy joven, quizá no hubiera cumplido los cuarenta. Oliveira pensó que el coronel sería un técnico superior, probablemente ingeniero físico o de telecomunicaciones, con varios años de especialización en contraterrorismo. «Su plan ha sido aceptado. En esta partida, el GAU juega con las cartas descubiertas. Usted tiene las manos libres para violentar el plan. Necesitamos una señal de compromiso por su parte. Su endocrino afirma que usted la aceptará. Cuando el mediador 1 se ponga en contacto con usted, deberá indicar el paradero, liberar o señalar dónde fue enterrado el miembro del GAU que capturó, la teniente G-36 que le suministró información. Cuando la confirmación haya sido emitida, se permitirá a los tres mediadores entrar en el barrio. Este mensaje se repetirá cada quince minutos.»

Oliveira razonó. ¿Disponían de radares tan perfeccionados como para captar una emisión de dos segundos? Le apremiaba el tiempo, debía arriesgarse. Pulsó el botón de emisión y dijo escuetamente:

—Habla Oliveira. Aceptado.

El coronel Juárez Cea era inteligente. Había comprendido que aquella salida colmaba todas las necesidades: para la opinión pública habría existido un grupo terrorista, con un cabeza visible al mando.

Treinta y cinco

Híjar se exasperaba, le daban ganas de abofetearlo.

—¡Zuri, mírame! —gritó, y el muchacho lo contempló con la lejanía de los ciegos—. ¿Has oído lo que están diciendo? ¡Despierta!

Híjar notó la mano moderadora de Carmen en su brazo. Estaban bajo la luz del potente foco que el propio Zuri tenía instalado sobre la mesa de trabajo de la bodega. Siguió zarandeando al muchacho, que ya no sollozaba.

—¡Van a entrar tres mediadores en el barrio! ¡La orden de Oliveira es que tú los conduzcas al piso! ¡Tú!

Débilmente el Zuri asintió. Híjar intentó hacerlo razonar.

—¡Nos jugamos la vida! ¡Te juegas la vida! ¿Hay algo más importante?

El joven entrecerró los ojos, tal vez sopesaba la contestación. Híjar temió la respuesta. Jaime Zuriabeitia podía afirmar que lo más importante eran sus ideas y su conciencia. Tenía que convencerlo para que permaneciera con Oliveira en el desenlace final. Desconfiaba del director. Si se encontraba en una disyuntiva no le plantearía ningún problema desprenderse de ellos para salvarse.

—¡Óyeme, maldito loco! ¡Escúchame bien! —Cogió la cabeza del muchacho y lo obligó a encararlo—. Estoy asombrado. Me emociona que un joven lleve llorando varias horas por haber matado. ¡Estamos en una situación límite y te juro por mi hijo que te digo la verdad! —Advirtió que el muchacho lo atendía—. Voy a confesarte algo, estamos en un momento desesperado y sería estúpido mentir. —La voz de Híjar se serenó—. A mi edad, puede sonarte ridículo lo que te voy a decir, vuelvo a sentir, a notar las emociones a flor de piel, vuelvo a estar loco, como tú. Por estar al lado de Carmen fabriqué explosivos, me jugué la vida. Pero ¡quiero vivir con ella! ¡Ahora precisamente es cuando necesito vivir!

El Zuri asentía con la cabeza mientras se incorporaba de la colchoneta. Híjar, más calmado, explicó:

—Van a entrar esos mediadores en el barrio. Tú los vas a conducir a un piso. Pero en todo momento piensa en Oliveira. Su única meta es salvarse. Como la de todos nosotros. No dudará en delatarnos si es preciso. La verdad, esa verdad por la que has matado, se sabrá si sales de aquí.

Híjar calló durante unos segundos. Trató de motivar al muchacho:

—Podrás demostrar que existió el complot que menciona Oliveira en la cinta. Sin embargo, si te quedas en esa colchoneta sollozando, dudo que nos podamos salvar. Si no tomas tú la responsabilidad de recoger a los mediadores lo haré yo. No delegaré en nadie. Quiero estar presente, o que estés tú, en la negociación de Oliveira.

Zuriabeitia se levantó. Pese a su altura, a los finos rasgos de su cara y a su juventud, arrastraba un aire desvalido. Preguntó:

—¿Por qué nos iba a traicionar? ¿Por qué? Él está metido hasta los ojos, diseñó la operación...

—Porque te dobla la edad. Porque esa frescura de ideales que tú tienes se le pudrió hace mucho tiempo. ¡Y porque tendrá que pagar con algo!

El Zuri se pasó los dedos abiertos por el pelo corto y rubio. El foco de luz le irritaba los ojos. Volvía a pensar en las diecisiete personas que quedaron sepultadas bajo los escombros. Dejó caer los brazos a lo largo del cuerpo con un gesto de profundo abatimiento. Híjar, frente a él, lo humilló a conciencia:

—¡Vete a la mierda, niñato! ¡Hasta ahora has estado pensando en buenos y malos! ¡Mientras resuelves tus dudas, con lloriqueos no ayudarás a nadie!

Híjar lo miró con desdén y oyó el ruego de Carmen:

—¡Déjalo en paz, por favor, Carlos!

—¡Eres un técnico ciego, eso eres! —la voz de Jaime Zuriabeitia acusaba con desánimo.

Híjar se sentó en una caja de embalaje, en el centro de la bodega, suspiró y comentó con burla:

—Perfecto. El niñato ha recuperado el habla y es capaz de enjuiciar.

A Carmen la hería y la confortaba la actitud del químico. Existía una chulería larvada en sus palabras, una seguridad en sí mismo que redondeaba la impresión de serenidad.

El Zuri, tembloroso, se acercó a Híjar y repitió.

—Yo he matado para salvar la verdad, yo, con estas manos.

—Cojonudo —sentenció el químico—. Los pacifistas se harán una fotocopia de tu lápida y fumarán marihuana en tu honor.

—¡Esto es serio! ¿Lo oyes? ¡Estamos salvando el futuro! —gritó histéricamente Zuriabeitia.

—Pero ¡vivos, imbécil! ¡Déjate de épicas! ¡Si te matan saldrás en los putos libros de historia con esa jeta de culpable!

El Zuri se revolvió, dio unos pasos, se peinó el corto cabello y preguntó:

—¡Y qué hay que hacer, Dios, qué hay que hacer!

Híjar se levantó, pensó que era el momento idóneo. Tomó al joven por los hombros y explicó con lentitud:

—Yamaletil ha traído el mensaje del paquete de tabaco que debías haber recogido tú. Los tres mediadores caminarán por la Avenida a las once de la noche. Debes abordarlos a la altura de Predicadores, internarte en el casco viejo con ellos y conducirlos al piso que preparó Fattah. Tu enlace recogerá al médico y lo llevará hasta Oliveira. A partir de ese momento esperarás instrucciones. Ahí concluye el mensaje. Pero justo en ese momento todo el grupo depende de ti, de tu intuición. Si Oliveira pacta le exigirán contrapartidas, un grupo al que acusar, culpables. No te separes nunca de los dos mediadores, son nuestro seguro de vida. ¿Conoce Oliveira este sótano?

—No.

—¿Lo conoce el otro enlace? —preguntó el químico.

—Tampoco.

Híjar comenzó a tranquilizarse. Tal vez se equivocaba.

El Zuri perdió el aire ausente y explicó:

—Oliveira lleva un disparo que le atraviesa la mejilla, quién sabe el tiempo que le queda... Está mal, me lo dijo... Yo no dudo de su conducta. También desconfiabas del contenido de la cinta.

El químico pensó que en circunstancias extremas todos variaban el comportamiento. Quizá Oliveira escondiera una veta humana y cálida. Sin embargo, preguntó:

—¿Has visto a Oliveira? ¿Has visto su herida?

—No. Pero el Tigras es de fiar.

—¿Quién es el Tigras? —preguntó el químico—. ¿Quién?

Zuriabeitia calló. Cualquier indiscreción era peligrosa.

Híjar intentó recordar, había oído en alguna ocasión aquel apodo. Miró a Carmen. Por su gesto comprendió que ella sabía de quién hablaba su hermano. Volvió a mirarla y notó un impulso salvaje. Deseaba confusamente vivir. Apenas había dormido, tenía una noción borrosa de las cuarenta y ocho horas últimas, en las que le parecía que no había hecho nada más que follar y fabricar explosivos en la cámara frigorífica de una carnicería. Pero un brío virgen lo conectaba a las raíces de la vida y lo mantenía alerta.

Treinta y seis

A las once y media de la noche el Tigras pulsó tres veces el timbre del piso y le abrieron el portal. Llevaba el canguelo en el cuerpo y los cables cruzados, quizá por haberle pegado a su hermano. Si no salían aquella noche se largaría con el Besos. Se lo diría al Zuri, le explicaría dónde estaba escondido el pichafría y que se lo montaran a su aire. Tenía las cintas y aquella movida lo estaba quemando. Subió las escaleras, golpeó la puerta y le abrió un tipo rubio. Tardó en reconocer al Zuri. Y el ansia en los ojos. El Zuri lo abrazó y el Tigras lo despegó para volver a mirarlo. Tenía los ojos idos, como si llevara un chute de caballo en la vena.

—¿Están aquí?

El Zuri afirmó con la cabeza.

—Me llevo a uno, a Costa. ¿Pasa algo? —preguntó alarmado Arturo Yesa.

—Nada, todo va bien. Están limpios. Hemos registrado también los maletines de Costa, instrumental médico. Hoy nos largamos. Hoy, muy pronto.

La voz del Zuri había perdido aplomo, estaba rayada por un chirrido nervioso. El Zuri le metía prisa:

—Vamos, llévatelo. ¿Adónde vais?

Al Tigras le pareció que su amigo tartamudeaba. A él

mismo le costaba respirar. El miedo le tapizaba la garganta de pelo. Respondió:

—Donde está Oliveira.

El médico caminaba a su lado con un pesado maletín. Él transportaba otro. Había calculado el recorrido, atajarían por el callejón del Doncel que, además, tenía las farolas ciegas. Le pareció que el Zuri había querido revelarle algo. Aquel voltaje que se estaban metiendo los averiaba a todos. El maletín era pesado, le impedía andar deprisa. Se tranquilizó cuando comenzaron a caminar envueltos en la oscuridad de la ribera. El tipo que andaba a su lado permanecía callado y arrastraba su carga. La noche quieta, apuñalada por los primeros fríos. Oían el rumor de las aguas que lamían la orilla. El Tigras, que intentaba perforar con los ojos la oscuridad, distinguió la masa negra de los olmos que cobijaba la entrada al pasadizo de la torre.

Obligó al médico a caminar delante por el pasadizo mientras él enfocaba desde atrás con la linterna. Se sabía de memoria aquel recorrido, ochenta y tres pasos. Cuando el Tigras alumbró el cuadrado de la torre vieron a Oliveira sentado en la repisa.

Oliveira saludó al médico con un apretón de manos y ambos se miraron largamente.

Costa le ordenó al Tigras:

—Ilumíname. —Comenzó a desplegar uno de los maletines. Después le dijo a Oliveira—: Me preocupa tu salud, querido, estás haciendo demasiadas locuras —se interrumpió y volvió a mirarlo significativamente—. Demasiadas. He traído los analizadores portátiles para efectuar un primer reconocimiento.

—Ahora tenemos prisa, Costa —le reprochó Oliveira.

—En efecto, mucha prisa. Un deterioro debe cortarse cuanto antes para no poner en peligro el trasplante. Me preocupas, Víctor.

Costa colocó la pinza de un foco en un ladrillo saliente y lo conectó a una batería. La estancia se iluminó.

—Espero que todavía no lo utilices. —Costa señaló con la vista el ataúd arrumbado bajo el primer tramo de las escaleras.

Oliveira escrutaba al Tigras. Las pupilas del muchacho revoloteaban de un objeto a otro. Por primera vez había podido hablar con Zuriabeitia, quien a su vez estaba en contacto con el químico. ¿Sospechaba Híjar y había transmitido la duda en cadena? El Tigras sufría un acusado nerviosismo. Podía ordenarle que regresara a su casa y que permaneciera allí. Sería capturado cuando liberaran a la mujer, pero un cambio de órdenes acrecentaría su desconfianza.

Arturo Yesa observó el aparato del segundo maletín, era similar al del psicólogo pero más grande. El médico le miraba el interior del párpado al pichafría y le tentaba la herida. Después le cogió el dedo índice y lo puso bajo la aguja del aparato.

—Dentro de una hora estarán los análisis —anunció Costa.

El Tigras esperaba algo concreto, no le gustaba aquella calma. El psicólogo le ordenó:

—Vuelve al piso y tranquiliza a los mediadores. Dentro de una hora regresa aquí e iniciaremos la salida. El plan se cumple como estaba previsto.

El Tigras seguía inmóvil mirándolos.

—Desabróchate la ropa —le dijo el médico al psicólogo. Se olvidaban de él. Le pareció que ambos esperaban que se largara. Notó que se le encogían los testículos.

Oyeron los pasos del muchacho que se alejaba. Costa le sugirió a Oliveira:

—Cumple tu parte. Juárez Cea tiene un carácter sanguíneo y se juega la cabeza, como muy bien le hiciste ver en tu grabación. Una grabación modélica. Temo que se impaciente y realice una tontería que nos ponga a todos en peligro. Está obsesionado con tu capacidad para engañarle, cree que puedes tomarnos como rehenes y exigir tu liberación. En el fondo de su odio, el coronel te admira.

Oliveira observó la tensión de los orbiculares del médico. Se esforzaba por dirigir la mirada, el movimiento de sus pupilas no era espontáneo.

—No debemos perder más tiempo, Costa. Olvida los análisis, no tiene sentido esta precipitación. Ese muchacho estaba alterado.

Oliveira echó una ojeada a la pantalla del laboratorio, las proteínas se disparaban, así como la urea. Tomó conciencia de su gravedad cuando observó el índice de potasio.

Costa insistió:

—He aceptado esta delicada misión por ti. No me agrada que incumplas tu parte.

Oliveira dudaba. Aunque también era una situación de emergencia para el endocrino, apreciaba una actitud tensa en el médico: rehuía la mirada frontal y la boca se mostraba rígida. Por fin Oliveira tomó el móvil, pulsó el botón de emisión y reveló:

—Riera, 6.

Costa prosiguió con su labor médica y anunció:

—Las constantes vitales se mantienen. Túmbate en la colchoneta. Te tomaré la tensión y examinaré la herida. Diez minutos a lo sumo. Por cierto, tu plan, con la cobertura de lagunas, es sutil, digno de ti. El equipo de Juárez Cea no ha podido objetar nada, impecable.

—Dentro de un cuarto de hora, en cuanto ese muchacho haya llegado al piso, saldremos de aquí. Revelaré la situación del piso donde estuviste tú, pero desconozco la ubicación del sótano donde se oculta Híjar, el director químico de Coxa. El joven que os ha recogido la conoce, se desmoronará con facilidad.

—Perfecto. —Costa palpaba el exterior de la herida con una gasa y apreciaba la crepitación propia de la gangrena al tacto.

El Tigras caminaba hacia el piso con el cuerpo alterado. Después de hablar con el Zuri tomaría una decisión. Oyó el ruido de un motor, se arrojó al suelo y reptó hasta ocultarse tras un contenedor. El vehículo, que circulaba con las luces apagadas, torció por Lepanto a gran velocidad. Se levantó y apresuró el paso. Le vino a la cabeza como un chispazo: ¿y si el pichafría hubiera preparado el jaleo de los mediadores para huir él? Aquel coche podía recoger al médico y a Oliveira y dejarlos a ellos con la empanada. Se lo diría al Zuri, aunque el Zuri tenía el tarro averiado, no era el de siempre. Se pegó a un portal, inmóvil, cuando oyó el segundo coche que se encaminaba directamente hacia el río. Respiraba con dificultad. Desanduvo el camino, corrió por el centro de la calle hasta desembocar en Riera. Cuando vio el coche detenido junto a su taller saltó los malecones que protegían la ribera y cayó en la maleza. Se arrastró hasta llegar a las proximidades del taller y al levantar la vista oyó una pequeña explosión. Dos focos se encendieron, iluminaban la puerta del foso del taller, que saltó de cuajo. Varios soldados armados penetraban en su casa. Mascaba la hierba, impotente. Cada segundo que transcurría se le hacía eterno. Al poco, dos uniformados sacaron a la tía y la metieron en el coche. Los restantes permanecían dentro de su taller. Escarbaba el suelo con las uñas, golpeaba la tierra con la frente, hasta que por fin los vio salir. No se llevaban al Besos. Arrancó el motor, gruñeron las ruedas, se largaban.

Oliveira, tumbado en la colchoneta, oyó el aleteo súbito de las palomas pero no tensó un músculo. Aguzó el oído, no se percibía el rumor del helicóptero. Sin embargo las palomas no regresaban. ¿Qué las había asustado en medio de la noche?

—La herida está casi cicatrizada, has tenido suerte. Muchísima suerte, diría yo —diagnosticaba Costa—. Necesita una profunda desinfección, te pondré anestesia local.

—Después —ordenó secamente Oliveira, al tiempo que se sentaba en la colchoneta. Miró a los ojos a Costa y el médico pulsó un mando del laboratorio para rehuir la mirada. Los finos tendones orbiculares de los ojos del médico se contrajeron involuntariamente. No soportaban la turbación. Costa tensó los maseteros para inmovilizar el rostro. Salieron nuevos valores en la pantalla. Oliveira leyó la tasa de alfatoxina al tiempo que percibía un ruido seco, como si clavaran un puntal al otro lado de la torre. Alfatoxina en sangre, la herida estaba gangrenada.

—Algunas variables son alarmantes, pero en una semana volverán a la normalidad —comentó el médico, intentaba eludir la mirada escrutadora del catedrático de psicología conductual.

Oliveira se levantó, fingió un mareo y se apoyó en la pantalla del laboratorio portátil, que desplazó el cuerpo encajonado hacia arriba. Vio la luz verde del piloto de un emisor ensamblado al laboratorio. Desde el momento en que Costa conectó el aparato a la batería, el emisor había estado lanzando una señal que determinaba el lugar exacto donde se encontraban. Oliveira volvió a sentarse en la colchoneta, bajo la que guardaba el arma. La herida estaba gangrenada y los riñones apenas funcionaban. Un profundo desaliento lo paralizó durante unos segundos. Aquel médico, un inepto, un ridículo especialista sin inteligencia global, no había tenido en cuenta la perfección de su planteamiento. Pretendía jugar con él cuando estaba a años luz de sus conocimientos. Lo cegó la ira y preguntó con burla:

—¿Me recuperaré, Costa?

—Pues claro... —El médico creyó que Oliveira se apoyaba en la colchoneta para tumbarse y de repente vio la pistola que le apuntaba al vientre.

Todo el cansancio de aquella agonía que se había prolongado durante tres días cayó sobre los hombros de Oliveira. El médico seguía hablando, se agitaba frente al arma, suplicaba. Oliveira no lo escuchaba. Lo dejó gritar, pedir auxilio con una voz delgada, un grito desatinado y agudo. Apretó el gatillo sin ninguna piedad. Mientras Costa se doblaba, con un disparo ascendente que entró por el estómago y le perforó el pulmón, aún logró balbucir:

—Está... gangrenada.

Entre dientes repuso Oliveira:

—Tu herida, sin embargo, está fresca.

Oliveira, colérico, oyó el segundo golpe amortiguado algo más arriba. El emisor camuflado en el laboratorio de Costa había delatado su situación y un grupo del GAU escalaba la torre para apresarlo. No conocían el pasadizo que daba al río.

El Tigras subió las escaleras del foso y vio al Besos tendido junto a la puerta del despacho. Los ojos abiertos miraban sin espanto el techo. Cuando lo apretó contra sí ya no manaba sangre del agujero de la nuca. Le habló al oído, lo llamó varias veces y le acarició el pelo ensangrentado. Después depositó con cuidado la cabeza en el suelo.

De repente el Tigras estaba sereno y frío. Colocó la banqueta junto a la antigua puerta principal, levantó la tapa de escayola del techo y con un ágil salto se coló en el agujero del falso techo. Recuperó la pistola que había guardado junto a las cintas.

Oliveira, tras apagar la batería, tomó el móvil, pulsó el

botón de emisión y anunció con deliberada lentitud: «A Juárez Cea. Habla Oliveira Sancho. Coronel, comprendo que se haya puesto nervioso y haya realizado una maniobra tosca. Le ha perforado el estómago al primer mediador. Nuestro pacto sigue en pie, dentro de una hora aproximadamente me entregaré. Al próximo movimiento de sus hombres usted mismo les volará la cabeza a los otros dos mediadores».

Oliveira cortó la comunicación. Cuando comenzó a caminar por el pasadizo hacia la salida oyó el ligero ruido de la trampilla y se quitó la gabardina. Durante un tiempo, oculto tras la pared de acceso, no percibió ningún sonido. Pasaron dos minutos hasta que oyó la respiración del Tigras. El muchacho se detuvo a la entrada de la torre y, con un movimiento sincronizado, encendió la linterna, dirigió el foco hacia el fondo y disparó tres veces seguidas contra el cuerpo que permanecía apoyado en la repisa. El cadáver de Costa, cubierto con la gabardina, se removió sordamente con cada impacto. Oliveira apuntaba a la nuca del joven. Le dijo:

—Has hecho lo que debes. —Le quitó el arma de la mano y le ordenó—: ¡Camina, deprisa!

El Tigras estaba vacío, no sentía ninguna emoción, como cuando escalaba las cúpulas, mientras recorría el pasadizo seguido por Oliveira. Llegaría el descuido y en aquel momento mataría a aquel hijo de puta con sus propias manos. Salieron por la trampilla y cuando llegaron al puente oyeron el helicóptero que se aproximaba. Se inmovilizó como un gavilán sobre su presa y proyectó un haz de luz que iluminó la vieja torre de San Miguel. Vieron a los escaladores colgados de la pared a punto de alcanzar el campanario.

—¡Deprisa, hacia el piso! —decidió Oliveira.

El Tigras volvió a llamar tres veces en el portal. El helicóptero seguía colgado sobre la torre y la envolvía en un cono de luz. Fue el mismo Oliveira quien se asomó al rellano y gritó fuera de sí:

—¡Zuriabeitia! ¡Baja, rápido!

El Zuri vio a Oliveira armado, con el rostro descompuesto y una herida negra que descendía hasta el cuello. Pensó un instante en la unión de los marginados, los obreros y los técnicos en la lucha por la libertad. El estómago flotaba como una víscera móvil y apenas podía articular palabras. El psicólogo apuntaba al Tigras, que permanecía con una pasividad de animal presto al salto.

—¡Entra! —le ordenó el psicólogo al Tigras.

Estaban los tres en el vestíbulo del viejo inmueble.

—¡Zuriabeitia, escucha mis razones por última vez! —De pronto la voz del psicólogo se amortiguó, hablaba con calma, con un timbre denso y convincente—: Os he traicionado. El Tigras lo sabe. Tienes que convencerlo para que me ejecute después. Es preciso que yo hable antes con Híjar. Necesitamos un coche, hay que llegar donde está Híjar.

El Zuri miró al Tigras. El grito enérgico del psicólogo los hizo reaccionar:

—¡Dale tu arma al Tigras! —ordenó inopinadamente Oliveira, al tiempo que salía a la calle y disparaba contra la cerradura de un coche.

El disparo sobrecogió a los dos jóvenes. El Tigras dudó. El psicólogo le ofrecía el arma que llevaba en la mano al tiempo que se introducía en el coche.

—¡Rápido, vamos! —gritó Oliveira.

El Tigras guardó la pistola en los riñones, conectó los hilos y condujo el vehículo. No necesitó preguntarle al Zuri, imaginaba que ocultaba al químico en la bodega donde reparaba trastos eléctricos. Le estallaba la cabeza. Mataría a aquel cabrón en cuanto hablara con el químico. Cuando llegaron a las proximidades de la bodega vieron los focos de tres helicópteros que barrían los alrededores de la torre de San Miguel.

Treinta y siete

Híjar vio entrar por la puerta de la bodega a Oliveira, encañonado por el joven que se apostaba a la puerta del Clan. Asoció el nombre con la persona: el Tigras. Oliveira tenía el aspecto de un enfermo terminal. La herida amoratada, que descendía hacia el cuello con una ramificación oscura, contrastaba con la palidez del rostro. Bajó las escaleras encorvado y buscó una caja para sentarse. Híjar observó la herida y preguntó:

—¿No tienes insulina?

—La herida está gangrenada, no viviré mucho tiempo. Tienes que forrarme de explosivos y acoplar un temporizador.

Carmen percibió el silencio líquido del sótano, un fluido que producía ahogo. ¿Cuánto tiempo hacía que comenzó el delirio? Creyó que habían pasado meses desde que sintió una lengua repugnante que buscaba su boca mientras una navaja le hería la espalda. En tres días el psicólogo, aquel tipo arrogante, se había convertido en un despojo.

Nadie hablaba. Cada uno soportaba sus propios latidos, un mazo de guata que golpeaba los pulsos. Oliveira fue quien añadió:

—Alcanzaré la Torre Verde, mi entrega estaba pactada a cambio de delataros. Cuando salten los despachos de la última planta reinará la confusión, tal vez deje de funcionar la central de infrarrojos que controla las aproximaciones al cinturón de espino. Llevaré una pequeña mochila que debe detonar diez minutos después de que estalle la carga que transportaré sobre el cuerpo. Trataré de depositarla en las cercanías de la Audiencia. Las dos explosiones crearán descontrol. Entonces debéis aprovechar para salir. Ahora prefiero que guardéis silencio.

Carmen se llevó la mano a la garganta, cobijándose a sí misma. El único que parecía dominar la situación era Carlos Híjar. La barba incipiente le endurecía el rostro y con gestos resueltos revolvía entre el material eléctrico. El director miró su reloj y precisó que antes de dos horas debería estallar la carga explosiva. El Tigras lo seguía apuntando con una mano temblorosa.

Híjar apenas podía tragar saliva cuando comenzó a trabajar la pasta explosiva embutida en tiras de plástico. Un sonido delgado le traspasaba el tímpano. Con un gesto imperioso mandó al Tigras a un rincón. Le ordenó al Zuri que preparara dos circuitos con temporizadores, que hallara la resistencia y adaptara dos condensadores.

—¿Cuántos kilos puedes soportar? —preguntó el químico a Oliveira.

—¿A qué distancia está la Audiencia?

—A unos doce o quince minutos, ¿no? —Híjar buscó confirmación en el rostro de Carmen.

—Diez kilos como máximo —calculó Oliveira.

La mujer contemplaba hipnotizada los diligentes movimientos de Carlos, que mantenía las mandíbulas tensas y el rostro concentrado. Peló los extremos de los cables y los introdujo en la pasta. El Zuri, con los ojos ausentes y los brazos caídos, miraba más allá de los ladrillos del sótano, oteaba lejanías azules. El químico colocó las tiras en una bolsa y las forró con las chapas de metal y las placas de los circuitos.

Carmen se abrazaba el cuerpo con los brazos cruzados. Se estremeció cuando Carlos le quitó suavemente la chaqueta al psicólogo. Moldeó tres tiras planas en torno a los hombros y las aplastó sobre el pecho y la espalda del director. A ella la asfixiaba el preparativo de muerte. Al final despertaría y quedaría atrás aquella noche de miedo pegajoso. Vio cómo Carlos introducía tres cables pelados en el interior de la masa explosiva, unía sus extremos y los conectaba al condensador. Sujetó con cinta aislante las pilas, acopladas en el hueco de la axila del director, y fue vendando el tronco hasta que la masa explosiva y las chapas metálicas formaron una envoltura rígida, una coraza que ceñía el torso del psicólogo.

Híjar, con los oídos traspasados por un hilo de dolor, concluyó su labor y se quedó inmóvil junto a Oliveira, que miraba al suelo. Notó el olor desagradable que emanaba de la herida. El Tigras contemplaba impasible aquel paquete bomba humano. De repente, el psicólogo comenzó a temblar. La frialdad del material plástico le helaba el cuerpo. Tiritaba imperceptiblemente, pero todos los ojos se concentraron en aquel temblor. Híjar buscó en torno y encontró la mirada dolorida de Carmen. Aquella boca que palpitaba era lo único vivo en el sótano.

—Necesito algo dulce —pidió Oliveira.

Híjar le dio dos galletas y Oliveira le mandó registrar el bolsillo interno de su chaqueta. El psicólogo tomó la jeringuilla y una ampolla de insulina, se pellizcó un trozo de carne del muslo por encima del pantalón y se inyectó. Después comenzó a comer. Apenas podía abrir la boca y comía torpemente. En la entraña del silencio se oía la rumia de las galletas. Carmen deseó que la abrazaran, que le taponaran los oídos. El Tigras miraba el monótono movimiento de los labios de aquel tipo mientras notaba cómo a él mismo se le escapaba la vitalidad. Por fin Oliveira ordenó:

—Prográmalo para dentro de veinticinco minutos. La bolsa, diez minutos más tarde.

Híjar corrió la ruleta situada en el sobaco del psicólogo, la ajustó y pulsó el resorte. Repitió la operación con el temporizador de la bolsa y vistió a Oliveira con el chubasquero del Zuri. Oliveira mandó traer el emisor del bolsillo de su chaqueta y preguntó:

—¿No tendréis whisky? Tengo mal sabor de boca.

El químico se acordó del whisky de Adela. Ojalá hubiera salido del barrio. Negó con la cabeza y le explicó cómo llegar a la Avenida. Le subió la cremallera del chubasquero y lo miró a los ojos, pero Oliveira estaba ausente.

El psicólogo subió las escaleras ayudado por Híjar, que lo acompañó hasta el portal y lo vio alejarse. Caminaba con lentitud pegado a la pared. Híjar consultó la hora: las dos y cinco minutos de la madrugada del 30 de octubre. El sinsentido llevaba tres días en marcha y proseguía su camino. Retornó el dolor del hombro como si hubiera sufrido el golpe unos segundos antes.

Oliveira alcanzó la plaza de la Audiencia y miró las largas colas. La gente dormía en las aceras, se amontonaba en los soportales o se agrupaba en torno a algún televisor portátil. Caminó entre cuerpos abrigados con mantas y llegó a la acera lateral del edificio. Allí se sentó unos segundos. Dejó la bolsa junto a uno de los contrafuertes y volvió a erguirse con dificultad. Instantáneamente lo invadió la seguridad aterradora de la muerte. Temió desmayarse. El frío que le traspasaba el torso lo aturdía. Un inepto, un militar engreído y prepotente. Juárez Cea.

Le quedaban doscientos metros para alcanzar el portal de la Torre Verde, pero debía cruzar la explanada de asfalto vigilada por docenas de soldados, cualquiera lo podría registrar.

Faltaban once minutos para que su cuerpo estallara. El sabor a herrumbre le infectaba la boca. Pulsó el botón de emisión y transmitió: «Juárez Cea. Habla Oliveira Sancho —dejó transcurrir unos segundos—. Nos veremos dentro de pocos minutos —siguió detenido junto al bordillo de la Avenida con el botón de emisión pulsado. Sospechaba que lo asesinarían antes de entrar, pero quizá Juárez Cea, con docenas de fotografías suyas encima de su mesa, ansiaba verle el rostro—. Llevo en mi bolsillo la mitad de las cintas de las cámaras de seguridad de Coxa que grabaron la invasión. Dentro de unos momentos le diré dónde guardo las restantes».

Tuvo que esperar cuatro largos minutos, con el emisor conectado, hasta comprobar que uno de los helicópteros que vigilaba el barrio se dirigía hacia allí. Había estrellas. Poco después el cono de luz del helicóptero, colgado en su vertical, se derramaba sobre él. Comenzó a caminar, los soldados le abrían paso. Pensaba en dormir profundamente bajo los pinos, envuelto en el aroma denso que descendía de las copas. Miró la hora deslumbrado por la luz. Sólo dos soldados lo custodiaban.

Entró en el edificio de la Torre Verde y cruzó la amplia sala de oficinas de un banco. Lo conducían hacia los ascensores interiores. Cuando el ascensor comenzó a moverse levantó la cabeza y se contempló en el espejo que cubría la pared frontal. Con el chubasquero oscuro y la barba crecida creyó reconocer a su padre. Únicamente variaba la mancha morada del rostro. Se acercó al espejo y vio el nódulo de la gangrena que descendía desde el orificio de la mejilla hasta el nacimiento del cuello. Se abrieron las puertas y lo introdujeron en una amplia sala, amueblada con mesas de ordenadores. Tenía la lengua embalsada en la densidad del óxido. Pensó que Juárez

Cea podía ser el joven que lo observaba desde el fondo de la sala, las manos cogidas a la espalda y la mirada altiva. Aunque lo había imaginado joven, esperaba a un individuo maduro y reflexivo. Sin embargo, la soberbia de su mirada y la tensión codiciosa de la boca delataban la estupidez. Sólo un imbécil, cegado por el afán de medrar en tres días, era capaz de enhebrar tantos errores y despreciar su plan. Necios de mierda. Se apoyó en una columna, a cuatro o cinco metros de aquel joven altanero, y los dos soldados que lo custodiaban se acercaron para ayudarlo.

—No es nada. Sólo un mareo pasajero —alcanzó a pronunciar.

Abrazado a la columna imaginó la proximidad del mar, un olor a sal que le estalló en las fosas nasales.

Treinta y ocho

Desde la distancia vieron cómo saltaban las cristaleras del último piso de la Torre Verde y el apagón de las tres plantas superiores. El Zuri permaneció con la vista fija, esperaba que todo el edificio se viniera abajo. Híjar cerró los ojos, la muerte habría sido instantánea. El Tigras siguió las luces de los helicópteros que se elevaban en la cúpula de la noche y se dirigían hacia la Torre Verde. Las entrañas del cabrón del psicólogo habrían salpicado, como un escupitajo, el barrio.

Cuando llegaron a la plaza de la Audiencia reinaba la confusión. El cinturón de vigilancia de la Torre Verde se había replegado hacia los soportales. La segunda explosión originó una desbandada de gente que recorría la Avenida hacia el río mientras que otros grupos se agolpaban ante la Audiencia. El pánico provocaba el griterío de la masa que se hacinaba en el callejón lateral. Híjar llevaba agarrado al Zuri del costado y lo obligaba a caminar con la ayuda del Tigras. Carmen se aferraba a la mano del químico. La multitud los empujaba, estaban en el estrecho callejón contiguo a la Audiencia que comunicaba con Conde Aranda.

Híjar vio cómo Carmen quedaba atrás, podían perecer aplastados. La cabeza del grupo, impulsada por el gentío que se había embutido en el callejón, comenzaba a incrustarse en las alambradas de espino. El Tigras abrió un hueco y consiguió asir la mano de Carmen cuando las tanquetas, para evitar que la multitud se desgarrara contra la triple alambrada, frente a las cámaras de televisión y los numerosos periodistas, comenzaron a retirar los módulos de espino.

Híjar sintió de nuevo la presión de la mano de Carmen en su mano, mientras él arrastraba al Zuri. La marea de cuerpos que empujaba desde atrás les hizo recorrer los siguientes treinta metros del callejón y se vieron arrojados a Conde Aranda, entre flashes de fotógrafos y cámaras que grababan la salida tumultuosa. La gente se dispersaba gritando.

En la acera contraria de Conde Aranda esperaron. Observaban a los grupos que salían, pero no vieron al Tigras. Híjar padecía un desfallecimiento, le dolía el hombro y se desgarraba el tímpano. Se apoyaba en Carmen, en el cuerpo tibio que tenía a su lado. El Zuri, ausente, oía los gritos de júbilo de los que salían, el vocerío de la masa que se apelotonaba tras el palacio de la Audiencia y las órdenes de los soldados que intentaban dispersar los grupos.

El Tigras, pegado a una de las puertas del callejón, soportó la corriente de gente que se abalanzaba hacia Conde Aranda. Diez minutos después caminó en sentido contrario. Cruzó la explanada y comenzó a correr. El cadáver de su hermano le quemaba en la memoria. Llegó a su casa, cruzó el foso y se sentó junto al cuerpo del Besos. Le acariciaba el pelo, al Besos siempre le gustó que lo acariciaran. Transcurrió una hora hueca, perforada por el cuerpo frío, voluminoso, imposible de aceptar. Un cadáver helado y gordo como un sapo. Lo arrastró hasta la cama y lo tendió bajo los carteles de la Vibo. Descubrió junto a la almohada el rodamiento y se sentó en la cama. Mucho tiempo después se dio cuenta de que llevaba horas haciendo rodar los cojinetes.

Híjar, como si el efecto de una poderosa anfetamina, la que lo mantuvo lúcido durante tres días, se hubiera evaporado, se derrumbaba de cansancio. ¿Cómo estaría Pablo? Se sintió viejo y vacío.

Carlos Híjar notó la mano de Carmen que lo tomaba de la cintura. Dejaron de observar la boca del callejón, ya había pasado mucho tiempo y el Tigras no salía. Los tres comenzaron a caminar. Carmen abrazaba al químico mientras él reclinaba su mejilla sobre el pelo de la mujer. Caminaban por la ciudad libre.

Expediente informativo del «27 O»
Fuente: TELECABLE. SA

Telecable, principal competidora de Inforonda, apenas trató en sus informativos la polémica emisión por la cadena rival de las grabaciones de Coxa. El 18 de diciembre, en el informativo de las nueve de la noche, el presentador habitual se limitó a comentar sin ningún apoyo visual: «El juez que instruye el sumario del 27 O se incauta de una serie de cintas de las cámaras de seguridad de Coxa. Se desconoce si estas grabaciones pertenecen al día de los sucesos o son un montaje posterior».

Sin embargo Telecable atendió diariamente la noticia en su popular magazine de las diez de la noche, *Celulitismix*. El 19 de diciembre parodió las confesiones de Jaime Zuriabeitia, un joven sindicalista al que el juez instructor tomó declaración. Se conocen pocos datos sobre este supuesto testigo del asalto. Trabajaba en la cadena de envasado de la multinacional y permanece ingresado en el hospital psiquiátrico desde el día 31 de octubre. Abrió el programa un diálogo de doña Celu, la obesa muñeca que ejerce la crítica cotidiana, con su peluquera. Se reproduce el guión de la secuencia:

Secuencia 1. Arranque. Peluquería. Plató 3

DOÑA CELU: Lavar y marcar, hija, a ver si me veo con otros ojos porque estoy deprimidísima.

PELUQUERA: ¿Y eso?

DOÑA CELU: Mi hijo Jaime Charabeitia, el mayor, el de mi primer marido. ¿Ciribeitia, Zusibeitia? ¡Qué memoria la mía! Ni siquiera me acuerdo del apellido. Pues eso, bonita, que lo tengo loco de atar en el psiquiátrico. Nada, empezó con una neurosis y ya ves, ahora manía persecutoria.

PELUQUERA: ¿No me diga?

DOÑA CELU: Que sí, hija, de atar. ¡No te puedes imaginar las historias que inventa! Y esta tarde tengo que ir a hablar con el juez.

PELUQUERA: ¿Con el juez? Será con el psiquiatra.

DOÑA CELU: Con el juez, bonita. Porque mi hijo, qué te voy a decir yo, loco como un cencerro, pero inteligentísimo como el que más. Ahora, en su locura, se ha vuelto vidente. Y va descubriendo asesinatos, crímenes, complots, cosas así. Por eso tengo a los jueces en fila. Todos quieren que les resuelva los casos.

PELUQUERA: Oiga, doña Celu. ¿Y su hijo podría decirme la clienta que me roba los secadores de mano?

DOÑA CELU: Seguro, bonita. Mi Zubeitia es un vidente de lo más fino.

El 23 de diciembre fue la presentadora la que abrió el magazine *Celulitismix* leyendo la revista *Intervén*. Hizo el siguiente comentario: «¿Que quién es Carlos Híjar? Pues uno de los personajes más buscados por los medios de comunicación. ¿Por qué? Porque fue director químico de Coxa y, al parecer, íntimo amigo del jefe del comando terrorista, Oliveira Sancho. Al menos comían todos los días juntos. Carlos Híjar también padeció el cerco de Quimicox. Estaba en casa de su actual compañera cuando sucedieron los hechos y, según declaran ambos, salieron del barrio la madrugada del 30 de octubre. Por fin, los periodistas de *Intervén* lo han cazado en su refugio de los Pirineos. Lo de «refugio» es un decir, un chalé de ensueño. ¿Que de dónde saca la pasta? Pues quién sabe, porque se despidió de Coxa y no se le conoce trabajo alguno. Pero vamos a lo que nos interesa, ¿qué opina don Carlos sobre su amigo? Y Carlos Híjar ha sido tajante».

La cámara enfocaba la página de la revista y la presentadora leía las declaraciones del director químico: «Oliveira era una persona reservada e impredecible. Jamás mencionó el asalto a Coxa, y yo estuve comiendo con él aquel mismo día. Es cierto que lo noté nervioso, pensé que su enfermedad, la diabetes, lo alteraba. Yo no sé, ni me importa, si él estaba o no involucrado en aquel sabotaje. Esto debo dejarlo claro, no lo sé ni me importa. Pero desde luego que era capaz de actuar por dinero. Me consta que uno de los móviles de su vida era enriquecerse».

A continuación la presentadora añadía: «Un culebrón retorcido, pero lógico. Porque nosotros hemos conocido, gracias a un gabinete italiano de abogados, una cláusula del contrato blindado que unía al psicólogo con Coxa: el terrorista Víctor Oliveira percibiría dos millones de euros si alguna contingencia externa detenía la producción de la factoría VI de Coxa. Dos millones de euros, han entendido bien. Con ese incentivo cualquiera desearía que se detuviera la producción. O tramaría un sabotaje para que se detuviera. Ahora quieren presentarlo como un ser angelical, pero lo que sabemos con certeza es que en su última acción se llevó por delante a cinco miembros de las fuerzas de seguridad, entre ellos al coronel Juárez Cea, encargado de capturarlo. Angelical.

»Por cierto, ¿saben quién es la ex mujer de Carlos Híjar? Ustedes la conocen, se lo aseguro. Se lo contaré otro día, con permiso de don Carlos Híjar, que al finalizar sus declaraciones a *Intervén* ruega que lo dejen en paz los medios de comunicación. Y en paz lo dejamos».

A comienzos del año el asunto «27 O» perdió actualidad. La lentitud en la instrucción del sumario, la normalización de Quimicox y la fusión del grupo Telecable con Inforonda contribuyeron a ello. Telecable, en el programa de media tarde *Ayer y hoy*, emitió un documento de diez minutos sobre los cambios de Quimicox. La declaración del casco antiguo de la ciudad como monumento histórico artístico y la restauración de la catedral gótica se trataban con detenimiento. Coxa había trasladado la producción a una nueva factoría, que cumplía la normativa sobre vertidos de la Unión Europea, situada a trece kilómetros aguas abajo del Iboa. En los minutos finales del programa se realizaba un contrapunto de imágenes de la Avenida actual, remodelada y adornada con jardines, y el estado catastrófico de esta popular arteria al finalizar los sucesos del 27 O.